Mila Summers

Sommerliebe in Schottland

Ein Cottage zum Verlieben

Impressum

Bibliografische Information der Deutschen Nationalbibliothek: Die Deutsche Nationalbibliothek verzeichnet diese Publikation in der Deutschen Nationalbibliografie; detaillierte bibliografische Daten sind im Internet über www.dnb.de abrufbar.

Deutsche Erstauflage Juli 2025

Lektorat: Dorothea Kenneweg
Korrektorat: SW Korrekturen
Covergestaltung: Nadine Kapp
Covermotiv: Shutterstock ©Daria Ustiugova, ©Tanafortuna, ©anndypit, ©Bojanovic, ©Ekaterina Mangorielle, ©ViDI Studio

Impressum: D. Hartung
Frankfurter Str. 22
97082 Würzburg
mila.summers@outlook.de

Herstellung und Druck über tolino media GmbH & Co. KG,
Albrechtstr. 14, 80636 München. Printed in Germany.
Fragen zu Produktsicherheit an: gpsr@tolino.media.

MILA

SUMMERS

Sommerliebe in Schottland

- Ein Cottage zum Verlieben -

Roman

Kapitel 1

Hailey

»Und du bist dir ganz sicher, dass du es rechtzeitig nach Schottland schaffen wirst?«

Mit dieser Frage konfrontierte mich mein Bruder jetzt schon zum dritten Mal. Fast so, als hätte er berechtigte Sorge, ich könnte zu seiner Hochzeit zu spät kommen. Die, wohlgemerkt, erst in vierzehn Tagen stattfand.

»Frederic, wie oft soll ich es dir denn noch sagen. Mein Flug vom John F. Kennedy International Airport in New York geht morgen Abend um neunzehn Uhr zwanzig. Mein Koffer ist gepackt und wartet nur darauf, dass ich ihn mir schnappe und mit dem Taxi zum Flughafen fahre.«

Mein Blick fiel auf meine Sporttasche, und ich sah zur Uhr, ob ich heute wohl noch zu meinem Zumba-Kurs würde gehen können. Eigentlich hatte ich mich nach einer Ballettschule umgeschaut, um als Ausgleich zu der vielen Büroarbeit meine Grundkenntnisse aufzufrischen, die ich als Kind erlernt hatte, aber nur der Zumba-Kurs war mit meinen verrückten Arbeitszeiten vereinbar gewesen. Zum Glück hatte ich mich darauf eingelassen, denn es machte mir überraschend viel Spaß, und der Termin war zu meinem Highlight der Woche avanciert.

»Was ist mit Ernest? Wird er dir nicht wieder kurzfristig mit irgendwelchen superwichtigen Sachen kommen, die dringend noch für die Firma zu erledigen sind?«

Bei Frederics Frage verdrehte ich meine Augen. Ein Glück, dass er es durchs Telefon nicht sehen konnte. Das hätte wieder unnötige Debatten über Grundsätzliches und ganz Privates gegeben. Ein Monolog, auf den ich verzichten konnte.

»Ich bin nicht die einzige Rechtsanwältin bei Watson, Miller & Griffin LLP. Meinen aktuellen Fall habe ich, wie ich dir bereits erklärt habe, abgeschlossen. Für die folgenden zwei Wochen übernimmt meine Kollegin alles, was anfällt. Es ist alles geklärt, Frederic. Du brauchst dir wegen mir keine Sorgen zu machen.«

Das versicherte ich ihm nun schon bestimmt das fünfte Mal. Er musste ja nicht wissen, wie viel mühsame Überzeugungsarbeit nötig gewesen war, meinen Chef dazu zu bringen, mir die Auszeit für die Hochzeit zu ermöglichen.

Schon in den vergangenen Wochen hatte mein Bruder mich immer wieder angerufen und gefragt, ob ich es zu seiner Hochzeit in Schottland am Clachtoll Beach schaffen würde. Und immer wieder hatte ich ihm bestätigt, dass der Termin rot in meinem Kalender markiert war, ich den Flug bereits gebucht und alles Weitere arrangiert hatte, damit ich auf jeden Fall nach Europa fliegen konnte.

Aber egal, wie oft ich die Argumente herunterratterte, denen letztlich nicht einmal Ernest mehr hatte widersprechen können, mein lieber Bruder schien nach wie vor nicht überzeugt zu sein.

So aufgeregt hatte ich meinen um drei Jahre älteren Bruder noch nie erlebt. Nicht einmal damals, als er mit seiner Rudermannschaft das Land bei den Olympischen Spielen vertreten durfte.

Ohnehin hatte mein Bruder für gewöhnlich Nerven aus Draht. Nichts konnte ihn aus der Fassung bringen. Nicht einmal die Tatsache, in seinem Krankenhaus bereits zweimal übergangen worden zu sein, als es um den Chefarztposten ging. Er fand für alles Verständnis und war nicht der Typ, der sich deshalb graue Haare wachsen ließ.

Was seine Hochzeit anbelangte, liefen die Uhren offensichtlich anders. Mein Bruder lief auf ganzer Linie anders, als ich ihn kannte. Es machte fast den Eindruck auf mich, als entwickelte er sich zu Bräutigamzilla.

Seine Verlobte hingegen war die Ruhe selbst. Als ich Mina das letzte Mal gesprochen hatte, erzählte sie mir von dem Junggesellinnenabschied, den sie mit ihren Freundinnen feuchtfröhlich in London gefeiert hatte. Zwar hatte sie bedauert, dass ich nicht dabei sein konnte, dann jedoch betont, dass wir einfach bei der Hochzeit ausgiebig feiern würden.

Von der Coolness, die Mina ausstrahlte, hätte ich Frederic gerne ein bisschen abgegeben. Wenn ich ihn so hektisch durch seinen Terminkalender blättern hörte, machte ich mir echt Sorgen um ihn.

»Gut. Gut«, hörte ich ihn sagen, während nach wie vor das Rascheln von Papier in der Leitung zu vernehmen war. »Vergiss nicht, dass du dein Zimmer in dem B&B am Clachtoll Beach hast. Leider konnten wir nicht alle geladenen Gäste in Ghrian Castle unterbringen. Aber ich bin mir ganz sicher, dass du und …«

»Ja? Was meintest du, Frederic? Ich konnte nicht alles verstehen, was du gerade gesagt hast.«

Merkwürdig. Die Leitung wurde nach wie vor gehalten und bisher gab es noch nie Probleme, wenn Frederic und ich über den großen Teich hinweg telefonierten. Überhaupt hatte ich diesbezüglich noch nie Probleme bemerkt.

»Das B&B ist wirklich sehr reizend. Aber wenn du lieber mit uns auf Ghrian Castle untergebracht werden möchtest, dann bekommen wir das sicher auch noch irgendwie hin.«

Nicht, ohne dass mein Bruder dabei einem Herzinfarkt erlag. Das sagte er zwar nicht, aber ich konnte es ihm deutlich an der Stimme anhören, die bei seinen Worten bedächtig ins Schwanken geraten und ganze Tonleitern hoch- und runtergesaust war.

»Nein, nein, das ist kein Problem für mich. Ich habe mir das auf GoogleMaps schon angesehen. Mit meinem Mietwagen sind das nur ein paar Minuten bis zu euch. Aber du meintest, es wäre noch jemand dort untergebracht?«

Bisher war ich davon ausgegangen, dass ich die Einzige der Hochzeitsgesellschaft war, die dort wohnen würde. Anfangs hatte ich es etwas merkwürdig gefunden. Schließlich waren Mum und Dad und all unsere anderen Familienangehörigen und Freunde auf Ghrian Castle untergebracht. Dass es ausgerechnet für mich kein Zimmer mehr geben sollte, hatte ich zunächst ein wenig verschnupft aufgenommen, dann jedoch für gar nicht mal so schlecht erachtet.

Denn so gerne ich meine Familie und Freunde um mich hatte, es war sicher auch ganz schön, mich danach ins B&B am Clachtoll Beach zurückzuziehen und die Seele ein wenig baumeln zu lassen.

Im Netz hatte ich schon gesehen, dass sich das kleine Cottage direkt am Strand befand. Sogar den üppigen Garten mit Hollywoodschaukel, Hängematte und weiteren Sitzgelegenheiten zum Lesen und Verweilen hatte ich bereits in Augenschein genommen.

Da ich in den letzten zwei Jahren dank meiner Karriere in New York bisher noch überhaupt keinen Urlaub machen konnte, erschien mir die Aussicht auf ein paar ruhige Tage rund um die Hochzeit meines einzigen Bruders herum sehr verführerisch, daher hatte ich mich in mein Schicksal ergeben.

Doch nun, da Frederic angedeutet hatte, dass ich nicht allein dort untergebracht sein würde, war ich neugierig geworden.

»Gut, dann hätten wir so weit alles besprochen«, meinte Frederic und machte Anstalten, das Gespräch beenden zu wollen.

Aber da hatte er die Rechnung ohne mich gemacht. So schnell würde ich ihn nicht vom Haken lassen. Hochzeitsvorbereitungen hin oder her. Denn wenn sich herausstellen sollte, dass Tante Adelaide mit mir in dem kleinen Cottage am Clachtoll Beach wohnte, dann hätte ich doch viel lieber ein Zimmer auf Ghrian Castle.

Tante Adelaide war Mums jüngere Schwester und hatte schon immer nach New York auswandern wollen. Leider hatte sie nie die Gelegenheit dazu gehabt. Seit sie wusste, dass ich nach Amerika gehen würde, hatte sie mich jedes Mal, wenn wir uns sahen, regelrecht ausgequetscht und nicht eher von mir abgelassen, bis sie alles wusste, was sie wissen wollte.

Und das war einiges. Mein Ohr blutete noch immer von unserer letzten Begegnung bei Mums sechzigstem Geburtstag.

»Halt! Stopp, Frederic! So einfach kommst du mir nicht davon. Wer hat noch ein Zimmer in dem B&B?«, hakte ich mit fester Stimme nach.

Was diesen Punkt anbelangte, würde ich mich nicht einfach ohne Antwort abspeisen lassen. Und als Rechtsanwältin war ich verhandlungssicher. Frederic wusste, dass ich erst Ruhe geben würde, wenn er mir gesagt hatte, was er mir womöglich verschweigen wollte.

Dementsprechend war das Seufzen zu deuten, das schwer in der Leitung lag.

Fast hatte ich Mitleid mit meinem Bruder. Aber ich hatte während der kompletten Hochzeitsvorbereitungen noch keinen einzigen Wunsch geäußert, wie das von vielen anderen Familienangehörigen bisher schon der Fall gewesen war. Ich hatte ihn nicht damit terrorisiert, dass es keinen Fisch geben dürfte, da ich an einer Fischallergie litt, wie Grandpa Rupert. Auch hatte ich ihm nicht mehrfach wegen des vermeintlich schlechten Wetters in Schottland einzureden versucht, die Hochzeit an einen anderen Ort zu verlegen, so, wie es Mum drei, vier Mal getan hatte.

»Ryan«, hörte ich meinen Bruder leise in den Hörer sagen.

»Ryan?«, wiederholte ich und konnte es kaum glauben.

»Es tut mir leid, Hailey, aber es ging wirklich nicht anders«, entschuldigte sich mein großer Bruder und klang ehrlich zerknirscht.

»Du hast mich in diesem kleinen romantischen Cottage am Clachtoll Beach allein mit deinem besten Freund einquartiert?«, fasste ich mit wild schlagendem Herzen zusammen, während ich das Blut in meinen Ohren rauschen hören konnte.

»Hailey, ich weiß, dass ihr beiden euch nicht sonderlich gut leiden könnt. Das ist zwar sehr schade, aber ich habe gelernt, damit umzugehen. Was die Unterbringung anbelangt, gab es verschiedene Optionen. Aber letztlich haben Mina und ich entschieden, dass es so am einfachsten ist. Vor allem, da Ryan gerade keinen Führerschein hat und als mein Trauzeuge im Rahmen der Hochzeit ein paar Erledigungen machen soll.«

»Du willst damit sagen, dass ich mit diesem Stinkstiefel nicht nur im selben B&B untergebracht bin, sondern ihn auch noch durch die Gegend kutschieren darf?«

Mein Puls war jetzt jenseits der Hundertachtzig angelangt, während in meinem Kopf in Lichtgeschwindigkeit Bilder abliefen, in denen ich mich an jedes einzelne Mal erinnerte, dass Ryan und ich uns begegnet waren. In neunzig Prozent der Fälle hatten wir uns irgendwann im Verlauf angegiftet, gestritten oder uns gegenseitig den Tod an den Hals gewünscht. Und in den anderen zehn Prozent hatten wir uns schlichtweg nicht beachtet.

»Ich weiß, dass Mina und ich da echt viel von dir verlangen. Aber du bist, um ehrlich zu sein, die einzige Option in dieser Angelegenheit. Wenn ich nur eine andere Möglichkeit hätte, Hailey, dann würde ich dich ganz sicher nicht um diesen riesigen Gefallen bitten. Schließlich weiß ich selbst viel zu gut, dass ihr beiden euch nicht ausstehen könnt.«

Um einen Gefallen hatte mich Frederic in dieser Angelegenheit ganz sicher nicht gebeten. Das hätte ich mitbekommen.

Nein, mein Bruder hatte vielmehr Nägel mit Köpfen gemacht und mich vor vollendete Tatsachen gestellt. So sah es aus. Und ich hatte jetzt exakt zwei Möglichkeiten.

Entweder ich widersetzte mich der Planung, warf damit für meinen Bruder und seine Verlobte alles über den Haufen und machte mich familienintern zur Persona non grata, oder aber ich stellte mich der Herausforderung, nahm sie als Gelegenheit, mich mit Ryan zu versöhnen, und ging als erwachsene Frau nach New York zurück, die über sich selbst hinausgewachsen war.

»Hailey?«

Die Stimme meines Bruders klang beunruhigt.

Nun war es an mir, laut und deutlich zu seufzen.

»Okay, na schön. Ich werde das schon irgendwie mit Ryan-mein-Ego-ist-so-groß-dass-es-nicht-durch-eine-Tür-passt aushalten. Aber sollte ihm irgendetwas zustoßen, mach nicht mich, sondern sein loses Mundwerk dafür verantwortlich.«

Wider Erwarten hörte ich Frederic am anderen Ende der Leitung lauthals lachen.

»Was gibt es da denn zu lachen?«

»Ich weiß auch nicht. Ihr beiden habt zusammen so eine Dynamik, die auf Außenstehende skurril und komisch wirkt. Das soll jetzt nicht heißen, dass ich es gut finde, wenn ihr euch streitet«, ruderte er eilig zurück, als er sich seiner eigenen Worte bewusst wurde.

»Aber du findest es lustig«, beendete ich seinen Gedankengang.

»Das hast jetzt du gesagt«, erwiderte er, klang dabei aber herrlich amüsiert und endlich kein bisschen mehr besorgt wegen seiner Hochzeit.

Zumindest ein Teilerfolg, wenn man so wollte.

»Gibt es noch weitere Hiobsbotschaften, die du mir zukommen lassen möchtest?«, meinte ich schnippisch.

Aber so leicht würde ich meinen Bruder nicht damit davonkommen lassen, dass er mich ausgerechnet mit Ryan Cooper unter einem Dach untergebracht hatte. Zudem noch einem ziemlich mickrigen Dach, was bedeutete, dass wir uns kaum aus dem Weg gehen können würden.

Wie sollte ich die zwei Wochen dort bloß überleben? Vielleicht sollte ich doch besser einen Vorwand finden, um nicht an der Hochzeit meines Bruders teilnehmen zu müssen?

Aber das wäre kindisch. Schließlich ging es hier nicht um irgendeinen belanglosen Termin, sondern um die Hochzeit meines einzigen Bruders. Wenn ich zu diesem Fest nicht erscheinen würde, brauchte ich mich bei meiner Familie überhaupt nicht mehr blicken zu lassen.

»Das waren fürs Erste die einzigen schlechten Nachrichten«, versicherte mir mein Bruder pflichtbewusst.

»Fürs Erste?«, hakte ich nach, weil ich meinen Bruder besser kannte und ganz genau wusste, dass er seine Worte stets mit Bedacht wählte.

»Ich muss jetzt leider Schluss machen. Mina und ich müssen dringend zum Juwelier, um die Ringe ein letztes Mal anpassen zu lassen.«

»Frederic!«, ermahnte ich ihn mit fester Stimme, mich jetzt nicht einfach so abzuwürgen.

Doch schon im nächsten Augenblick war nur noch das Tuten in der Leitung zu hören.

Hin- und hergerissen zwischen dem Wunsch, zu erfahren, was Frederic mit seiner Andeutung gemeint hatte, und dem Bedürfnis, gleich wieder zu verdrängen, was er mir in dem Gespräch offenbart hatte, rieb ich mir die Stirn. Um nicht wie ein eingesperrtes Tier durch meine Zwei-Zimmer-Wohnung in Upper Westside zu tigern, schnappte ich meine Sporttasche und machte mich auf den Weg zum Studio. Ein bisschen Bewegung und Gute-Laune-Musik würden mich hoffentlich auf andere Gedanken bringen.

Trotzdem kam ich nicht umhin, mich an Ryan zu erinnern. Nicht nur an unsere Zwistigkeiten. Auch an das Gefühl, das er vor vielen Jahren in mir geweckt hatte und das mich bis heute nicht mehr loslassen wollte.

Denn im Grunde versteckte ich meine wahren Gefühle für ihn hinter den Streitigkeiten und Sticheleien, die wir beide regelrecht perfektioniert hatten. Tiefe Gefühle. Gefühle von der Sorte, wie man sie nicht für den besten Freund seines Bruders haben sollte.

Kapitel 2

Ryan

Mit einer Vielzahl von Bussen und Zügen kam ich nach sage und schreibe dreizehn Stunden endlich am Clachtoll Beach in Schottland an.

Zwar war ich mir bereits bei der Buchung in London darüber im Klaren gewesen, jedoch hatte ich mir dreizehn Stunden irgendwie kürzer vorgestellt. Durch den ständigen Wechsel der Verkehrsmittel war an Schlaf nicht zu denken gewesen, und wenn ich versuchte, während der Fahrt zu lesen, wurde mir leider immer schlecht.

»Herzlich willkommen im B&B am Clachtoll Beach. Mein Name ist Lara, und ich freue mich, dass Sie in den kommenden vierzehn Tagen unser Gast sein werden, Mr Cooper.«

Die nette Frau mir gegenüber am Rezeptionstresen lächelte mich freundlich an. Ich bemühte mich, ebenso nett zu klingen, aber die Reise hatte mich so ermüdet, dass ich mich nach einer heißen Dusche und einem weichen Bett sehnte.

Alles, was mich davon noch trennte, war Lara, die es letztlich nur gut mit mir meinte und ein wenig Small Talk betrieb, obwohl ich viel lieber gleich den Schlüssel bekommen hätte, um endlich nach oben zu gehen.

»Vielen Dank, Lara. Ich freue mich, endlich hier angekommen zu sein. Ist das Zimmer denn schon fertig?«, fragte ich vorsichtig nach, da ich mir nicht sicher war, ob ich um die frühe Mittagszeit bereits damit rechnen konnte.

Das hatte ich bei meiner Planung nicht berücksichtigt. Es war mir bequem vorgekommen, nachts zu reisen. Zu dumm, dass ich nicht daran gedacht hatte, dass ich kaum Schlaf finden würde, da ich mehrmals würde umsteigen müssen.

Aber im Nachhinein war man bekanntlich immer klüger. Warum sollte es mir da anders ergehen?

»Sind Sie die ganze Nacht über gereist?«, fragte sie prompt, als könnte sie in meinem Gesicht wie in einem offenen Buch lesen.

»Ja, ich dachte, es wäre eine schlaue Idee, die Nachtverbindung zu wählen«, gestand ich mir zerknirscht ein.

Sie sah mich kurz an und überlegte dann, während sie in ihren PC blickte.

»Das kriegen wir hin, Mr Cooper.«

Schon im nächsten Moment überreichte sie mir den Zimmerschlüssel, und ich hätte nicht glücklicher sein können. Ich hatte nicht mal darum betteln oder eine Szene machen müssen. Dabei wäre ich gerade sogar bereit gewesen, meine Wohnung im Londoner Soho als Pfandmittel zu hinterlegen.

»Sie wissen gar nicht, wie glücklich mich diese Tatsache macht«, erwiderte ich grinsend.

Lara war ausgesprochen hübsch. Mit ihren blau-grünen Augen und den leicht gewellten braunen Haaren gehörte sie zwar nicht ganz in mein Beuteschema, aber in diesem speziellen Fall wollte ich nicht so kleinlich sein.

Also flirtete ich, was das Zeug hielt.

Lara lächelte freundlich, während sie mir den Schlüssel überreichte.

Ich hielt den Blickkontakt und ihre Hand ein wenig zu lange, während sie nach wie vor lächelte.

»Lara, mein Schatz, ich bin unterwegs zur Autowerkstatt. Gegen fünfzehn Uhr sollte ich zurück sein.«

Ein aufgeweckt wirkender Kerl Mitte dreißig mit wachen blauen Augen und dunklem, beinahe schwarzem Haar stand plötzlich neben mir. Sogleich hatte Lara nur noch Augen für ihn. Auch ihr Lächeln veränderte sich, wurde liebevoller, wenn nicht sogar eine Spur leidenschaftlicher.

»Ist gut, Cailan. Das ist übrigens Mr Cooper, unser neuer Gast.«

Er deutete einen Gruß an, ehe er den Flur hinunter zum Ausgang des Cottages lief.

Trotz meiner Übermüdung verstand ich, dass ich bei Lara nicht würde landen können. Sie war glücklich mit Cailan.

Alle sind irgendwie glücklich mit irgendjemandem, dachte ich, während ich mich ebenfalls von Lara verabschiedete und mich nach oben in das mir zugewiesene Zimmer zurückzog.

Nachdem ich die Tür aufgeschlossen und mein Gepäck hineingebracht hatte, ging ich geradewegs ins Badezimmer, um mich zu duschen. Der heiße Wasserstrahl traf meinen Körper. Eine Wohltat nach dem langen unbequemen Sitzen in Bus und Bahn.

Meine Gedanken flogen zu der nahenden Hochzeit, auf die mich keine zehn Pferde gebracht hätten, würde es sich nicht um die Hochzeit meines besten Freundes handeln. Aber als Frederic mich fragte, ob ich sein Trauzeuge sein wollte, konnte ich den Job schlecht ausschlagen. Schließlich kannten wir uns schon ein Leben lang. Und wenn ich auch nur ansatzweise hoffen konnte, dass mein bester Freund mich nach der Hochzeit nicht ebenso vergessen würde wie die meisten anderen Freunde, kaum dass sie unter der Haube waren, dann musste ich ihm diesen Gefallen wohl tun.

Keine Ahnung, wann das passiert war, dass alle meine Bekannten sich eine Frau suchten, heirateten und Kinder bekamen. In meinem Freundeskreis waren inzwischen nur noch sehr wenige Single.

Wenn ich abends spontan mit den Jungs in einen Pub gehen wollte, hörte ich ständig, dass sie sich um ihre Frauen und gegebenenfalls inzwischen sogar um die Kinder kümmern müssten. Flexibilität war für die meisten ein Fremdwort geworden.

Wann hatte ich zuletzt einen ausgelassenen Abend mit den Jungs verbracht? Das musste Ewigkeiten zurückliegen. Weit hinter all den Hochzeiten und Windeln. So weit, dass ich mich kaum noch daran erinnern konnte.

Aber so war das eben, wenn man die Richtige noch nicht getroffen hatte. Irgendwo da draußen gab es sicher auch eine Frau für mich, die nicht schon einem anderen gehörte und mit der auch ich irgendwann dieses Familiending durchziehen würde.

Und bis dahin?

Zunächst einmal würde ich mich in meine Rolle als Trauzeuge meines besten Freundes fügen, bevor es zurück nach London ging, um dort in meinem Job als Kreativdirektor für Werbekampagnen zu glänzen. Schließlich hatte ich echte Chancen, die Agentur irgendwann zu übernehmen.

Doch nun trocknete ich mich mit dem Handtuch ab, schlang es mir um die Mitte meines Körpers und sank augenblicklich aufs Bett, um ein wenig Schlaf nachzuholen, bevor ich mich den Aufgaben des Tages stellen konnte.

Kapitel 3

Hailey

Der Flug aus New York nach London war problemlos verlaufen. Der anschließende Flug von London Heathrow nach Glasgow hingegen hatte eine Verspätung von knapp zwei Stunden. Da ich mich vorab bereits für die Weiterreise mit einem Mietwagen entschieden hatte, da ich damit drei Stunden weniger brauchen würde als mit Bus und Bahn, war es nicht so schlimm gewesen.

Rund zehn Stunden war ich nun schon unterwegs. Fünf weitere Stunden würde ich noch in meinem Mietauto zubringen.

Nachdem ich in Glasgow gelandet war, holte ich mein Gepäck und ging zu dem Mietwagenschalter. Dort hatte ich mir bereits einen Kleinwagen reserviert und hoffte, dass ich das Fahren in den vergangenen zwei Jahren in Amerika nicht verlernt hatte.

Da man in New York kein eigenes Auto benötigte, hatte ich mich schnell dagegen entschieden, mir eines anzuschaffen. Das Geld konnte ich mir sparen. Zu großen Ausflügen ins Umland hatte ich aufgrund der vielen Arbeit ohnehin kaum Zeit. Ich war ja schon froh, wenn ich es hin und wieder zu meinem Zumba-Kurs schaffte. Und wenn ich doch etwas von Land und Leuten kennenlernen wollte, ging das auch per Bus und Bahn.

»Guten Tag, was kann ich für Sie tun?«, fragte mich eine schätzungsweise Endvierzigerin mit strengem hohem Dutt und einer Brille, die sie aussehen ließ wie meine Mathelehrerin in der achten Klasse.

»Mein Name ist Hailey McFeyden, ich habe einen Wagen reserviert«, erklärte ich und schob ihr dabei mein Handy über den Tresen, auf dessen Display man die Bestätigungsmail meiner Buchung sehen konnte.

»Einen Moment.«

Ohne weiter Notiz von mir zu nehmen, tippte die Frau geschäftig etwas in ihren PC ein. Dabei verzog sie keine Miene und erinnerte mich auch hierbei überdeutlich an Mrs Beanley, meine Mathelehrerin in der achten Klasse.

Die hatte auch kein Wort zu viel gesprochen und gemeint, wir würden die Hieroglyphen an der Tafel, die sie als Zahlen bezeichnete, auch ohne Erklärung verstehen. In diesem Jahr war meine Note in Mathe in den Keller abgestürzt. Zum Glück hatten wir im nächsten Jahr wieder eine andere Lehrerin.

Nicht, dass mir Mathe in der Zwischenzeit ans Herz gewachsen wäre. Aber durch die guten Erklärungen von Mrs Potter war ich in Mathe zwei Noten besser gewesen. Und das allein hatte mir schon gereicht, um beruhigt und ohne Angst in die nächste Prüfung zu gehen.

»Ein Fahrzeug aus dieser Buchungsklasse liegt uns momentan leider nicht vor. Sie sind alle bereits vermietet.«

Während mir Mrs McKaskill, wie mir ihr Namensschild verriet, diese Hiobsbotschaft überbrachte, sah sie unbeeindruckt auf den Monitor ihres Computers.

»Und was bedeutet das jetzt für mich?«, fragte ich besorgt nach, während Mrs McKaskill nach wie vor auf ihre Tastatur eintippte, ohne dabei Notiz von mir zu nehmen.

Mit »Einen kleinen Moment, bitte« bremste sie mich schon im nächsten Augenblick aus.

Ungeduldig nahm ich das Handy vom Tresen und überlegte, was ich nun tun sollte, falls ich wider Erwarten doch keinen fahrbaren Untersatz erhalten würde. Welche Optionen standen mir noch zur Verfügung? Natürlich würde ich an einem der anderen Stände für Mietwagen nachfragen können, ob ich bei ihnen einen Wagen mieten konnte. Doch was würde dann aus dem Geld werden, das ich bereits an Sixt gezahlt hatte?

»Ich habe eine andere Preisklasse für Sie gebucht«, eröffnete mir Mrs McKaskill und wandte nun ihren Blick in meine Richtung, sah mir sogar direkt in die Augen.

»Oh, okay.«

Ich befürchtete, nun darüber informiert zu werden, dass ich eine horrende Summe dafür zahlen müsste, um ein anderes Auto zu bekommen, und wappnete mich bereits für meine Widerworte.

»Das bedeutet, dass ich Ihnen einen silbernen SLK ausgesucht habe. Die nächsten zwei Wochen soll das Wetter in Schottland ganz nett werden. Wenn nicht jetzt, wann dann sollte man ein Cabrio ausfahren?«

In der Preiskategorie, die ich gebucht hatte, wäre ein Twingo oder Corsa das Höchste der Gefühle. Und nun sollte ich einen Mercedes SLK fahren? Der war doch sicher um einiges teurer.

»Das ist sehr nett von Ihnen, Mrs McKaskill. Nur fürchte ich, dass ich mir den Wagen nicht leisten kann.«

Zu meiner Überraschung lächelte Mrs McKaskill mich freudig an. Ja, sie wirkte fast schon übermütig.

»Für den SLK müssen Sie keinen Penny extra zahlen. Das ist ein Service unseres Hauses, da wir Ihnen aktuell keinen Wagen Ihrer Preisklasse anbieten können. Wir entschuldigen uns aufrichtig für die Unannehmlichkeiten, die Ihnen daraus erwachsen.«

Während sie sich entschuldigte, lächelte sie noch immer und hatte plötzlich gar keine Ähnlichkeit mehr mit meiner Mathelehrerin aus der Achten. Nein, vielmehr erinnerte sie mich an einen guten Geist wie den bei Aladin aus der Wunderlampe.

»Das ist … Wow! Damit hätte ich nun wirklich nicht gerechnet«, brachte ich meine Überraschung über das unverhoffte Upgrade zum Ausdruck.

Sogleich überreichte mir Mrs McKaskill die Autoschlüssel für den Wagen.

Etwas ungläubig blickte ich darauf.

In meinem ganzen Leben hatte ich noch nie einen solch teuren Wagen gefahren. Gerade deshalb hatte ich auch vor wenigen Minuten eine Vollkaskoversicherung für die Dauer der Miete unterschrieben.

»Na los! Trauen Sie sich! Das wird eine tolle Spritztour. Glauben Sie mir!«, ermutigte mich Mrs McKaskill mit derart euphorischen Worten, dass sie endgültig alle Ähnlichkeit mit Mrs Beanley verlor.

»Wo finde ich den Wagen?«

Mrs McKaskill deutete nach draußen auf einen Parkplatz, auf dem unzählige Autos standen. Ein Teil davon war sicher auch von Reisenden belegt, die ihren Wagen hier abgestellt hatten.

Nachdem ich mich von Mrs McKaskill verabschiedet hatte, fasste ich mir ein Herz und ging mitsamt meinem Koffer hinaus, um den silbernen SLK zu suchen.

Nur wenige Augenblicke später stand ich vor dem silbrig glänzenden Wagen, der bisher nicht einen einzigen Kratzer vorwies. Ich verlud mein Gepäck im Kofferraum und ging dann nach vorn zur Fahrertür, um sie ehrfürchtig zu öffnen und hinter dem Steuer Platz zu nehmen.

Als ich den Motor startete, gab der ein sonores Schnurren von sich. Die Anzeige vor mir offenbarte mir, dass der Wagen gerade mal wenige hundert Meilen auf dem Buckel hatte. Er war also praktisch neu.

Anfangs fuhr ich nur sehr zögerlich vom Parkplatz und dann auf die M8. Bereits auf der M74 drückte ich das Gaspedal deutlich mehr durch. Spätestens auf der A9 hatte ich alle Bedenken über Bord geworfen, trat das Gaspedal bis zum Anschlag durch und genoss den Fahrtwind im Gesicht in vollen Zügen.

Knapp fünf Stunden später erreichte ich mein Ziel. Das kleine urige Cottage, das ich mir in New York im Internet angesehen hatte, wirkte schon von außen so gemütlich und einladend, dass ich es kaum erwarten konnte, hineinzugehen und auch die Innenräume zu begutachten.

Sobald ich durch das Gatter hindurchgegangen war, umlagerte mich ein Blumenmeer. Hier wuchsen neben Rosen auch Hortensien und Kosmeen. Duftwicken waren ebenso zu erkennen. Daneben blühten noch viele weitere Blumensorten, von denen ich zumeist den Namen nicht kannte.

Neben Himbeeren gab es noch Brombeeren, Johannisbeeren und Stachelbeeren, die darauf warteten, geerntet zu werden. Der ganze Garten roch süßlich und blumig. Ein Ort, an dem man sich nur wohlfühlen konnte.

Es fiel mir sehr schwer, mich von dem Anblick meiner idyllischen Umgebung zu lösen und ins B&B zu gehen, um einzuchecken und mich ein wenig auszuruhen.

Rund sechzehn Stunden war ich nun unterwegs gewesen. Mein Körper sehnte sich nach einer Mütze voll Schlaf und einer erfrischenden Dusche. Den Garten würde ich auch später noch genießen können. So hoffte ich zumindest.

Denn nach wie vor hatte mir Frederic nicht erzählt, welche Hiobsbotschaften rund um seine Hochzeit noch auf mich warteten. Mehrmals hatte ich versucht, ihn darauf anzusprechen. Doch wann immer die Rede darauf fiel, wechselte er umgehend das Thema oder beendete das Gespräch mit mir, weil er angeblich dringend noch etwas ganz Wichtiges erledigen musste.

Sobald ich die Tür des Cottages geöffnet hatte, leitete mich ein roter Teppich zur Rezeption. Auf dem Weg dorthin wurde ich von Tierdarstellungen an der Wand begleitet, auf denen Hundeköpfe auf männliche Oberkörper drapiert worden waren. Das sah sehr urig aus und traf genau meinen Humor.

»Guten Tag und herzlich willkommen am Clachtoll Beach. Ich hoffe, Sie hatten eine angenehme Reise«, meinte eine Frau, schätzungsweise Mitte dreißig mit leuchtend blaugrünen Augen und leicht gewelltem braunem Haar hinter dem Rezeptionstresen.

»Vielen Dank. Das ist sehr lieb von Ihnen. Ich bin gestern Abend in New York gestartet und tatsächlich ziemlich müde. Wenn es möglich wäre, würde ich mich am liebsten gleich aufs Ohr legen«, sprach ich offen aus, wie ich mich gerade fühlte.

Die Frau mir gegenüber lächelte verständnisvoll.

»Das ist gar kein Problem. Ihr Zimmer ist bereits fertig.«

Nachdem ich noch einen Zettel mit meinen Daten ausgefüllt und unterschrieben hatte, übergab sie mir den Schlüssel, und ich konnte endlich nach oben gehen, um zu duschen und zu schlafen.

Frederic gab ich auf dem Weg nach oben kurz per WhatsApp Bescheid, dass ich gut am Clachtoll Beach angekommen war und mich erst mal aufs Ohr legen wollte. Seine Antwort wartete ich jedoch gar nicht ab, sondern gab das Handy wieder zurück in meine Handtasche.

Das dritte Zimmer auf der rechten Seite war meins. Gleich nachdem ich mit dem Schlüssel die Tür geöffnet hatte, zog ich meinen Koffer hinter mir her ins Zimmer und betätigte den Lichtschalter.

Als ich erleichtert aufatmen wollte und mich bückte, um meine Sneakers auszuziehen, bemerkte ich, dass ich nicht allein in dem Zimmer war. Vielmehr lag da wie bei Schneewittchen bereits jemand in meinem Bettchen. Und von meinem Tellerchen hatte er sicher auch schon gegessen.

Etwas überfordert von der Situation richtete ich mich wieder auf und blickte zunächst auf meinen Schlüssel, dann auf die Tür in meinem Rücken, die ich vor wenigen Minuten problemlos mit ebendiesem Schlüssel geöffnet hatte.

Dann sah ich wieder hinüber zu der Person in meinem Bett, schloss die Augen, weil ich mir nicht sicher war, ob ich mir das alles nur einbildete. Als ich meine Lider jedoch wieder öffnete, war die Person nach wie vor da. Also doch kein Trugbild, sondern leider die Realität.

»Licht aus!«, blaffte mich eine Männerstimme an, ohne sich mir zuzuwenden.

Wenn überhaupt, dann verkroch sich die Person noch weiter unter der Bettdecke.

Ich nahm allen Mut zusammen.

»Das ist mein Zimmer«, stellte ich klar.

Ein Wühlen und Rascheln war aus Richtung des Bettes zu vernehmen.

»Wie bitte?«

Was war das? Ich stöhnte auf. Das durfte ja wohl nicht wahr sein: Die verschlafene Gestalt, die da zwischen den Laken hervorschaute, hatte verdammt viel Ähnlichkeit mit Ryan.

Wer auch immer sich diesen bescheuerten Scherz ausgedacht hatte, er hätte mich wenigstens noch duschen und schlafen lassen können, bevor ich auf ihn traf. Aber so gnädig war das Schicksal offenbar nicht. Oder wer auch immer für dieses Horrorszenario verantwortlich war.

»Das ist mein Zimmer«, wiederholte ich mich mit gefasster Stimme, während ich meine Hände zu Fäusten ballte.

»Wie genau kommen Sie denn da …«

Als Ryan sich aufrecht hingesetzt hatte, bemerkte schließlich auch er, dass ihm die Person, die nun in seinem Zimmer stand und ihn aus dem Schlaf gerissen hatte, hinreichend bekannt war.

»Hailey? War ja klar, dass du bei deiner Ankunft gleich die erstbeste Gelegenheit nutzen würdest, mich in den Wahnsinn zu treiben. Wie viel hast du Lara bezahlt, um den Schlüssel für dieses Zimmer zu bekommen und mich vom Schlafen abzuhalten?«

Welcome back! Wir waren wieder im Spiel und gifteten uns hemmungslos an, keine zwei Minuten nachdem wir uns nach über zwei Jahren das erste Mal wiedersahen.

»Auch auf die Gefahr hin, mich zu wiederholen: Das ist mein Zimmer. Lara hat mir den Schlüssel dafür gegeben. Nur aus diesem Grund bin ich hier.«

»Konntest es wohl nicht abwarten, mich wiederzusehen«, meinte Ryan selbstgefällig, wie er war.

»Wenn es nach mir gegangen wäre, dann wäre ich jetzt irgendwo untergebracht, wo ich ganz sicher nicht Gefahr laufen würde, dir bereits vor der Hochzeit zu begegnen«, blaffte ich ihn ungehalten an.

Es hatte etwas Vertrautes und zugleich unglaublich Befriedigendes an sich, sich mit Ryan zu streiten. Das hatte ich nie zuvor mit einem anderen Menschen so erlebt und auch nie danach. Das mit Ryan und mir war einzigartig. Auch wenn es nicht besonders nervenschonend war und ich schon manches Mal geglaubt hatte, meinen Puls davongaloppieren zu sehen, wenn ich nur seine Stimme hörte.

»Du bist doch in mein Zimmer eingedrungen, nicht ich in deins.«

Ryan, der plötzlich hellwach wirkte, machte den Eindruck auf mich, als fände er die ganze Situation nicht mehr nervig, sondern vielmehr amüsant. Zudem grinste er breit übers komplette Gesicht. Die Situation schien ihn äußerst zu erheitern.

»Glaube mir, Ryan, wenn es auch nur eine winzige Möglichkeit gegeben hätte, dem ganzen Hochzeitstrubel fernzubleiben, hätte ich sie mit beiden Händen beim Schopf gepackt. Und warum mein Bruder ausgerechnet dich zu seinem Trauzeugen ernannt hat, ist mir nach wie vor schleierhaft.«

Nun setzte er sich noch eine Spur aufrechter hin, wie um sich ein Stück größer zu machen.

»Könnte daran liegen, dass ich sein bester Freund bin.«

Der amüsierte Ausdruck auf seinem Gesicht war einer gewissen Gereiztheit gewichen. Offenbar gefiel es Ryan nicht sonderlich gut, wenn ich sein Amt als Trauzeuge meines Bruders infrage stellte.

Gut so. Ich wusste doch, dass ich ihn irgendwie aus der Reserve locken und ihm dieses selbstgefällige Grinsen von den Lippen wischen konnte.

»Ich habe keine Ahnung, wie das bei euch Männern läuft. Aber wenn mir meine beste Freundin meinen Freund ausspannen würde, sähe ich das Ganze nicht so locker«, erklärte ich und verschränkte dabei meine Arme vor der Brust.

»Das ist fünfzehn Jahre her, Hailey. Damals waren wir noch auf der Schule. Frederic konnte mir verzeihen. Warum du nicht? Was geht dich das alles überhaupt an? Du tust ja gerade so, als hätte ich dich betrogen.«

Der letzte Satz saß.

Denn auch wenn Ryan sich der Tatsache nicht bewusst war, hatte er indirekt auch mich betrogen.

Damals, kurz bevor er mit Amanda zusammengekommen war, hatte es eine Phase gegeben, in der wir beide uns echt gut verstanden. Ryan und ich waren sogar mal allein im Kino gewesen. Nur als Freunde. Ich hatte mir mehr erhofft, doch für ihn war ich als die kleine Schwester seines besten Freundes tabu. Leider. Und kaum dass er Amanda kennenlernte, hatte er mich auch schon wieder vollkommen vergessen. Prompt fingen wir wieder an, uns zu zanken. Alles auf Anfang, ohne dass ich die Gelegenheit hatte, mich dagegen zu wehren.

»Ich bin nur vorsichtig. Denn wer einmal seinem besten Freund die Freundin ausgespannt hat, der tut das möglicherweise wieder«, provozierte ich ihn und genoss es in vollen Zügen.

Wie hatte ich die vergangenen zwei Jahre nur darauf verzichten können, mich mit Ryan verbal zu batteln? Es war ein Hochgenuss, auch wenn mein ganzer Körper unter Strom stand und mein Blutdruck durch die Decke schoss. Das war es mir wert.

»Ich werde Frederic ganz sicher nicht die Frau ausspannen. Wie kommst du denn darauf? Mina ist überhaupt nicht mein Typ«, stellte Ryan mit pikierter Miene richtig.

Woher sollte ich denn wissen, auf welche Art Frauen Ryan stand?

»Oh, entschuldige, Ryan, dass ich mir nie Gedanken darüber gemacht habe, wie eine Frau auszusehen hat, um bei dir landen zu können«, blaffte ich ihn ungehalten an.

»Dafür bräuchtest du eigentlich nur in den Spiegel zu schauen.« Plötzlich klang er gar nicht mehr so schnippisch. Ich spürte, wie er mir mit seinen Worten die Röte ins Gesicht trieb.

Hatte er das gerade ernst gemeint, oder war das wieder einer seiner perfiden Scherze, die er sich mit mir leistete?

»Ich denke, ich werde an der Rezeption nachfragen, was da schiefgelaufen ist«, wich ich aus.

Auch wenn ich mir im Klaren darüber war, dass Ryan sich nun als Sieger dieses Schlagabtausches zwischen uns fühlen würde, gewährte ich ihm den Etappensieg. Die entscheidende Schlacht stand noch bevor. Aber dafür wollte ich erst ausgeschlafen und frisch geduscht sein. Dann sah man weiter.

»Wie jetzt? Du räumst das Feld, ohne mich verbal in Grund und Boden zu stampfen?«, wunderte sich Ryan.

Schlaues Kerlchen!

»Du kannst froh sein, dass ich seit mehr als sechzehn Stunden auf den Beinen bin und dringend schlafen muss. Sonst hättest du natürlich keine Chance gegen mich«, bestätigte ich ihm und schnappte mir sodann meinen Koffer.

»Na, dann freue ich mich schon darauf, dich wiederzusehen, wenn du ausgeschlafen hast.«

Ryans Grinsen ging ihm übers ganze Gesicht.

»Oh, glaub mir, Ryan, es wird keine Freude für dich sein. Und wenn es irgendwie möglich ist, werde ich dir aus dem Weg gehen. Ich habe mir nämlich vorgenommen, hier am Clachtoll Beach Urlaub zu machen. Und diese Pläne sehen deine Anwesenheit leider nicht vor. Tut mir leid!«

Sein kehliges Lachen war zu vernehmen, während ich mich auf den Weg zur Tür machte. Eine Gänsehaut lief mir bei dem Klang über den Rücken. Eine von der Sorte, die ein Kribbeln in der Magengegend hervorrief und Hoffnung auf mehr machte.

Mein Körper schien aktuell nicht ganz bei Trost zu sein. Das musste an den widrigen Umständen liegen. Das nächste Mal sollte ich einen riesigen Bogen um Ryan machen, wenn ich übermüdet war und kaum noch allein auf den Beinen stehen konnte. Sicher war sicher.

»Dann freue ich mich schon jetzt auf die nächste Rangelei mit dir, Hailey. Und, willkommen am Clachtoll Beach, dem Ort, an dem wir uns endlich wiedersehen, um uns auf Anhieb gegenseitig an die Kehle zu gehen. Wenn ich ehrlich bin, dann habe ich mich sehr darauf gefreut. Es gibt nichts Erfrischenderes als ein kleiner Streit mit dir. Du hast mir die vergangenen Jahre echt gefehlt. Schön, dass du dich dafür entschieden hast, an der Hochzeit teilzunehmen. So komme ich zumindest auch ein wenig auf meine Kosten.«

An der Tür angekommen, legte ich meine Hand auf die kalte Klinke und wollte sie eben hinunterdrücken, als ich bei Ryans Worten in der Bewegung innehielt.

Der Kerl hatte doch nicht mehr alle Latten am Zaun. Aber das brauchte ich ihm sicher nicht zu sagen. Darüber war er sich vermutlich selbst hinreichend im Klaren.

»Ich freue mich auch, dich wiederzusehen. Jetzt weiß ich wieder, warum ich so gerne in New York bin. Dort laufe ich wenigstens nicht Gefahr, dir zu begegnen.«

Damit öffnete ich die Tür schwungvoll, zog meinen Koffer über die Schwelle und schmiss sie eine Spur zu laut wieder ins Schloss.

Aus Ryans Zimmer war ein amüsiertes Lachen zu hören. Der Typ ging mir so dermaßen auf die Nerven, dass ich am liebsten zurückgegangen wäre, um ihm genau das zu sagen.

Allerdings musste ich einsehen, dass ich mich gerade noch nicht wirklich in einer besonders guten körperlichen Verfassung befand, um dem nächsten hitzigen Wortwechsel mit ihm standzuhalten.

Also entschied ich mich dagegen, auch wenn es mich einiges an Überwindung kostete, ließ meinen Koffer im Flur des Obergeschosses zurück und ging noch einmal hinunter an die Rezeption.

Nach einer kurzen Erklärung meinerseits entschuldigte sich Lara vielmals bei mir. Aufgrund der Tatsache, dass Ryan wohl früher angekommen war als gedacht, hatte sie ihm kurzerhand den Schlüssel für das Zimmer gegeben, das ursprünglich für mich hätte sein sollen, da es bereits fertig war. Zwar hatte sie sich vorhin gewundert, warum nur der Ersatzschlüssel am Haken hing, sich deshalb jedoch keine weiteren Gedanken gemacht.

Nachdem ich nun Lara versichert hatte, dass ich ihr nicht böse war, ging ich mit dem Schlüssel zu meinem richtigen Zimmer wieder nach oben, schnappte mir meinen Koffer und steuerte in der Hoffnung die Tür neben Ryans Zimmer an, dort nicht etwa ebenfalls einen Mann in meinem Bett vorzufinden.

Glücklicherweise hatte ich dieses gemütliche und sehr geschmackvoll eingerichtete Zimmer vollkommen für mich allein. Sobald ich meine Sneakers ausgezogen hatte, ging ich hinüber, um ein Fenster zu öffnen.

Der Ast eines Baumes ragte bis zu meinem Fenster. Auf besagtem Ast saß ein Eichhörnchen und sah mich interessiert an, während er das Köpfchen erst zur einen und dann zur anderen Seite neigte.

»Na, du bist ja ein süßes Kerlchen.«

Ich versuchte ihn anzulocken, doch das Eichhörnchen war schlauer und blieb lieber auf Abstand.

Statt mich weiter mit dem possierlichen Tierchen zu unterhalten, machte ich ein paar Dehnübungen, um meine von der Fahrt verspannten Muskeln zu lockern, und entschied mich dann, unter die Dusche zu gehen. Das warme Wasser war die reinste Wohltat auf meiner Haut. Anschließend trocknete ich mich ab und zog mir meinen Schlafanzug über, den ich zum Glück gleich oben in den Koffer gegeben hatte.

Nachdem ich mich darüber vergewissert hatte, dass das kleine Eichhörnchen nicht mehr da war, schloss ich das Fenster wieder, zog die Vorhänge zu und legte mich ins Bett. Endlich ein wenig Ruhe. Endlich die müden Glieder entspannen. Dabei lag der wahre Kraftakt noch vor mir. Ich würde meinen Bruder und Mina, so gut es ging, bei der Hochzeit unterstützen. Das hatte ich mir fest vorgenommen.

Und als in meinem Zimmer nichts mehr als meine Gedanken zu hören waren, überkam mich ein Gefühl, das ich so nicht erwartet hätte. Ich vermisste das kleine Gerangel mit Ryan. Ich vermisste es, mich mit ihm zu messen. Ich vermisste seine Stimme. Dabei wurde ich mir mal wieder der Tatsache bewusst, wie viel ich für Ryan empfand und wie wenig er mich leiden konnte.

Und als ich anschließend in einen tiefen Schlaf fiel, träumte ich von ihm.

Kapitel 4

Ryan

Nachdem Hailey das Zimmer wieder verlassen hatte, war an Schlaf kaum mehr zu denken. Vielmehr rollte ich mich ruhelos von einer auf die andere Seite, und trotz aller Bemühungen schaffte ich es einfach nicht, Hailey aus meinen Gedanken zu verbannen.

Schon früher hatte ich eine Phase gehabt, in der mir Hailey bis in meine Träume gefolgt war. Aber das durfte nicht sein. Schließlich war sie Frederics kleine Schwester. Sie war tabu für mich. Mehr denn je.

Dennoch kam ich nicht umhin, unsere erste Begegnung nach so langer Zeit Revue passieren zu lassen und dem aufgeregten Prickeln nachzuspüren, mit dem mein ganzer Körper auf das Wiedersehen mit Hailey reagiert hatte.

Zwei Jahre war es nun her, dass wir uns das letzte Mal gesehen hatten. Bei Frederics Geburtstagsparty hatten wir uns mehr oder minder ignoriert, um uns nicht in die Haare zu kriegen und Frederic mit unserem üblichen Gezänk nicht die Feier zu vermiesen. Dennoch hatte ich meinen Blick kaum von ihr abwenden können.

Frederic und ich waren bereits seit der Grundschule miteinander befreundet. Damals fand ich Hailey noch ziemlich lästig, da sie überall dabei sein wollte, wo wir beide hingingen. Das hatte so genervt, dass Frederic und ich damit begannen, sie auszutricksen, damit wir in Ruhe allein spielen konnten.

Doch je älter Hailey wurde, desto lieber verbrachte ich meine Zeit mit ihr. Mit ungefähr achtzehn Jahren war ich sogar einmal mit ihr im Kino gewesen. Natürlich war nie etwas Anzügliches vorgefallen, weil ich es nie gewagt hätte, die kleine Schwester meines besten Freundes anzufassen. Jedoch kostete es mich alles an Überwindung, standhaft zu bleiben.

Resigniert schlug ich die Lider auf. An Schlaf war jetzt ohnehin nicht mehr zu denken. Denn sobald ich meine Augen schloss, musste ich an Hailey denken.

Nachdem sie nach New York gegangen war, hatte ich mir fest vorgenommen, mir jeden Gedanken an sie aus dem Kopf zu schlagen, mir eine Frau zu suchen und endlich dieses Familiending durchzuziehen. Seither waren zwei Jahre vergangen.

Tatsächlich hatte ich in Claire eine nette Freundin gefunden, die so ganz anders als Hailey war und dennoch super zu mir passte. Ich liebte ihren Humor und die Art und Weise, wie sie mich anlächelte. Doch auch sie begann ich bereits nach kürzester Zeit mit Hailey zu vergleichen. Als hätte ich diese Frau auf einen hohen Sockel gestellt, von dem sie keine andere vertreiben konnte.

Dabei war das alles so lächerlich. Ich war lächerlich.

Zwischen Hailey und mir hatte es nie eine Annäherung gegeben. Wenn überhaupt, dann hatten wir uns durch unsere Zwistigkeiten gleich wieder auf Abstand gehalten. Das war einerseits zwar ganz erheiternd und abwechslungsreich, aber tatsächlich hätte ich mir ein sehr viel besseres Verhältnis zu ihr gewünscht.

Doch irgendwie hatten wir es nie geschafft, von den kleinen Streitigkeiten wegzukommen und uns wie Erwachsene zu verhalten. Das Muster hatte sich wie mit einer schweren Walze eingeprägt.

Sobald wir aufeinandertrafen, war die alte Feindseligkeit wieder da, von der ich gar nicht mehr so genau wusste, wo sie ihren Ursprung hatte. Irgendwann hatte ein Wort das andere ergeben. Wir fauchten uns an wie zwei Katzen, die sich um ein und denselben Futternapf stritten.

Schwungvoll schob ich die Decke beiseite und stand auf.

Ich musste irgendwie auf andere Gedanken kommen. Also stellte ich mich zur Abwechslung unter die kalte Dusche und dachte währenddessen an meine Steuererklärung und an den Waschbären, der im Dachboden über meiner Wohnung randalierte und gar nicht daran dachte, wieder auszuziehen.

Danach zog ich mich rasch an und entschied mich, erst mal eine Runde am Strand entlang joggen zu gehen. Die frische Meeresluft würde dafür sorgen, dass mein Kopf ordentlich mit frischem Sauerstoff geflutet wurde.

Sobald ich zurück im Hotel war, würde ich mich bei Frederic melden. Als best man, also als sein Trauzeuge, konnte ich mich bei seiner Hochzeit nicht im Hintergrund halten. Vielmehr würde ich ihn unterstützen und immer in der Nähe seiner Familie sein müssen.

Mit ein Grund, warum ich mir so schwer damit getan hatte, den Job anzunehmen. Natürlich stand es außer Frage, das Amt auszuschlagen. Schließlich war Frederic mein bester und zudem auch noch ältester Freund. Er hatte mich in der Schule schon Mathe von sich abschreiben lassen, war da gewesen, als meine Eltern sich trennten, und hatte mir erst kürzlich ein Dach über dem Kopf angeboten, als der Waschbär über mir so viel Lärm machte, dass bei mir zu Hause an Schlaf nicht zu denken war. Und nun war es ausgerechnet Frederics Schwester, die mich um den Schlaf brachte.

Verrückt!

Kaum dass ich die Joggingschuhe angezogen und verschnürt hatte, stürmte ich aus dem Zimmer – und geradewegs in Hailey hinein.

Timing war definitiv nicht meine Stärke.

»Sorry, ich hab dich nicht kommen sehen«, entschuldigte ich mich sofort.

»Das ist mal wieder so typisch für dich«, blaffte mich Hailey auch schon an.

»Was? Dass du in mich hineinläufst?«, entgegnete ich.

»Ich bin nicht mit dir zusammengestoßen. *Du* bist mit mir zusammengestoßen.«

»Wie gesagt, es tut mir leid«, blieb ich beharrlich und versuchte, ruhig und gelassen zu wirken.

Dabei konnte ich jedoch meine Augen nicht von ihr abwenden. Ich liebte den feurigen Ausdruck in ihrem Gesicht, wenn sie sich mit mir stritt. Das Blau ihrer Augen verdunkelte sich, und ihre Lippen glänzten verführerisch trotz der bösartigen Worte, die daraus hervorkamen.

Wir beide machten Ansätze, aneinander vorbeizulaufen. Doch kaum dass ich einen Fuß nach rechts setzte, machte sie einen Schritt nach links. Versuchte ich es auf der anderen Seite, stießen wir erneut zusammen.

Mit funkelnden Augen sah Hailey mich an, während ich eigentlich nur hatte joggen gehen wollen, um ein wenig Dampf aus dem Kessel abzulassen. Dabei wurde ich mir jedoch einer Sache überdeutlich bewusst: Die kommenden vierzehn Tage könnte ich vermutlich einen Marathon an den nächsten reihen und würde dennoch ständig kurz davorstehen zu explodieren. Denn schließlich würde Hailey immer in meiner Nähe sein.

»Könntest du mir mal bitte aus dem Weg gehen?«, pampte Hailey mich an, als würde ich sie absichtlich am Weitergehen hindern.

Also blieb ich einfach stehen und wies ihr mit den Händen den Weg.

»Vielen Dank«, rief sie mir mit einem leicht zickigen Unterton zu, nachdem sie bereits an mir vorbeigegangen war.

Das konnte ja noch heiter werden.

Anstatt weiter über diese Begegnung nachzudenken, ging ich die Treppen hinunter und passierte gerade die Rezeption, als mir eine alte Frau mit geblümter Schürze und Brille auf der Nase entgegenkam. Ihre gelockte weiße Kurzhaarfrisur wippte bei jedem ihrer Schritte mit.

»Guten Tag! Herzlich willkommen im B&B am Clachtoll Beach. Wenn Sie etwas essen möchten, bieten wir im Kaminzimmer einen Afternoon Tea an.«

Die Frau deutete auf ein Zimmer, in dem sich bereits ein paar Gäste tummelten. Der Duft von aromatischem Tee lag betörend in der Luft, und auch die Etageren, die ansprechend arrangiert waren, sahen verführerisch aus. Neben Sandwiches waren kleine Törtchen und Scones darauf angerichtet. Dennoch blieb ich standhaft.

»Ich wollte gerade eine Runde Joggen gehen«, erklärte ich bedauernd.

»Wissen Sie was? Ich lege Ihnen in der Küche ein paar Sandwiches und süße Teilchen zurück.« Prüfend musterte sie mich. »Sie sehen mir nach einem Scones-Typ aus«, stellte sie fest.

Ich lachte.

»Das klingt herrlich. Aber ich möchte Ihnen keine Umstände machen …«

»Oh, entschuldigen Sie! Ich habe mich noch nicht mal vorgestellt. Mein Name ist Leonore, und ich kümmere mich hier im Cottage um das leibliche Wohl der Gäste.«

Lächelnd sah sie mich an und strahlte dabei eine solche Ruhe aus, dass ich augenblicklich selbst wieder etwas gelassener atmete.

»Mein Name ist Ryan. Mein bester Freund heiratet demnächst, und ich bin als sein Trauzeuge hier im B&B untergebracht worden.«

Leonore nickte verstehend.

Als ich mich von ihr verabschiedete, rief sie mir noch hinterher: »Es macht mir keine Umstände, Ihnen etwas zurückzulegen, Ryan. Schauen Sie nach Ihrer Runde einfach bei mir in der Küche vorbei. Das ist die Tür rechts neben der Rezeption.«

Als ich aus der Haustür des Cottages trat, strahlte mir die Sonne an diesem Julinachmittag entgegen.

In London waren rings um mich herum nur Hochhäuser, den Himmel und die Sonne musste man dort oftmals vergebens suchen. Nur im Hyde Park, wohin ich gerne zum Laufen ging, hatte ich das Gefühl, frei zu sein.

Und ebendieses Gefühl überflutete mich regelrecht, sobald ich die ersten Meter auf dem Weg in Richtung Strand gelaufen war. Ich konnte überhaupt nicht fassen, was für ein wunderschönes Fleckchen Erde das hier war.

Bei Gelegenheit würde ich Frederic danach fragen, wie er ausgerechnet auf den Clachtoll Beach als Hochzeitslocation gekommen war. Wenn ich mich recht erinnerte, hatte er zwar schottische Vorfahren, seine Verwandtschaft lebte allerdings in England. Gut möglich, dass seine Familie von hier stammte.

Mit jedem weiteren Schritt, den ich tat, ließ die Anspannung nach, und so etwas wie Hoffnung keimte in mir auf. Irgendwie würde es schon gut gehen, das mit Hailey und mir. Schließlich wollten wir beide nur das Beste für Frederic.

Hailey war der Familientyp. Frederic hatte mir erzählt, dass sie regelmäßig skypten und telefonierten, auch wenn sie nun in New York lebte. Die beiden hatten schon immer einen engen Draht zueinander gehabt. Beneidenswert. Als Einzelkind war ich leider nie in den Genuss von Geschwisterliebe gekommen. Wenn überhaupt, dann hatte ich in Frederic einen Freund gefunden, der wie ein Bruder für mich war.

Umso wichtiger also, dass ich wusste, was mir erlaubt war und was nicht. Die kleine Schwester des besten Freundes anzugraben, war ein absolutes No-Go, wie Frederic mir damals unmissverständlich klarmachte, nachdem ich mit Hailey im Kino gewesen war.

Tief atmete ich die erfrischende Seeluft ein. Das Rauschen des Meeres war schon von Weitem zu hören. Beruhigend wirkte seine Gleichmäßigkeit auf mich. Also hielt ich einen

Moment inne und blickte hinaus auf das viele Blau. Dabei war nicht auszumachen, wo der Horizont begann und das Meer endete.

Die Grenzen verschwammen. Doch für mich galten hier klare Regeln. Ich würde standhaft bleiben müssen, wenn ich weiterhin mit Frederic befreundet sein wollte. Auch seine Eltern hatten mich oftmals aufgefangen, während meine Eltern damit beschäftigt waren, sich während ihres Scheidungskrieges um die Wohnzimmereinrichtung und das Dampfbügeleisen zu streiten. In meinem ganzen Leben hatte ich nichts Schlimmeres erlebt, als wenn sich die eigenen Eltern über Kleinigkeiten in die Haare bekamen. Die Menschen, die man am meisten liebte und die plötzlich aufgehört hatten, sich zu lieben.

Gerade als mir in den Sinn kam, wie Marc, Frederics Dad, mit uns beiden zu unserem ersten Fußballspiel von Manchester United gegangen war, klingelte mein Handy. Frederic.

»Hi, Frederic. Wie geht's dir?«

»Mensch, Ryan, ich hab mir schon Sorgen gemacht. Wolltest du nicht bereits am Morgen ankommen? Wo steckst du?«

Frederic klang aufgeregt und weit weniger entspannt, als ich es von ihm gewohnt war.

»Meine Nachtverbindung an den Clachtoll Beach war durch die vielen Umstiege recht unkomfortabel. Ich habe mir dann gleich beim Eintreffen den Schlüssel für mein Zimmer geben lassen und mich aufs Ohr gehauen«, erklärte ich bereitwillig.

»Jetzt bin ich beruhigt. Ich hatte mir echt schon das Schlimmste ausgemalt, als ich dich nicht erreichen konnte.«

Offenbar hatte Frederic es bereits zuvor bei mir probiert. Da ich mein Handy jedoch lautlos gestellt hatte und vorhin mehr oder minder fluchtartig mein Zimmer verlassen hatte, um auf andere Gedanken zu kommen, hatte ich bisher noch nicht darauf geschaut.

»Jetzt muss ich nur noch in Erfahrung bringen, ob Hailey schon da ist.«

»Ist sie«, versicherte ich ihm und erzählte kurz, wie unser erstes Wiedersehen nach zwei Jahren verlaufen war.

»O Mann! Ihr beide seid wie Hund und Katz. Ich kann nur hoffen, dass ihr es wenigstens auf der Hochzeit schafft, annähernd freundlich miteinander umzugehen. Ach, jetzt sehe ich gerade, dass sie mir geschrieben hat. Das muss ich irgendwie übersehen haben.«

Frederic war die Niedergeschlagenheit über Haileys und mein etwas gestörtes Verhältnis deutlich von der Stimme abzulesen.

»Du kennst uns doch. Wir haben uns im Griff. Meistens zumindest. Was mich anbelangt, werde ich alles dafür tun, dass Mina und du den schönsten Tag eures Lebens haben werdet«, gelobte ich feierlich.

Fehlte nur noch, dass ich die Hand zum Schwur hob. Da Frederic mich allerdings ohnehin nicht würde sehen können, konnte ich mir das auch sparen.

»Das ist gut zu wissen. Es gäbe nämlich noch ein paar Dinge, die der best man übernehmen müsste«, erwiderte er und klang dabei für mein Dafürhalten ein wenig kleinlaut.

»So, was wäre das denn? Ich bin zu allem bereit«, trug ich ein wenig dick auf.

Aber in all den Jahren unserer Freundschaft hatte mich Frederic nur äußerst selten um einen Gefallen gebeten. Es war an der Zeit, mich zu revanchieren.

»Es gibt da noch diesen Programmpunkt nach unserem Hochzeitswalzer. Ich habe mir da eine bestimmte Abfolge überlegt. Und … Also du als unser Trauzeuge müsstest tanzen lernen. Nur die einfachen Standardtänze. Ohne all den Schnickschnack von extra Drehungen und Figuren«, ruderte er eilig zurück.

»Tanzen?«, wiederholte ich ungläubig, während ich nach wie vor hinaus aufs Wasser blickte und für den Bruchteil einer Sekunde ernsthaft in Erwägung zog, mich verzweifelt in die Fluten zu stürzen.

»Nur die Standards. Das ist nicht so viel. Wirklich. Das kriegst du total schnell hin«, behauptete Frederic, obwohl er meine zwei linken Füße bestens kannte.

»Ich kann nicht tanzen«, rief ich ihm dennoch in Erinnerung.

»Jeder kann tanzen.«

»Sag das mal meinen Füßen«, erwiderte ich beharrlich.

Früher in der Disco war ich einer der Typen gewesen, die mit dem Cocktail in der Hand dastanden und ein Pokerface aufsetzten. Wenn mich dennoch eine Frau fragte, ob ich mit ihr tanzen wollte, hatte ich mich meist nur widerwillig bereit erklärt.

Tanzen und ich – das war so falsch wie ein Waschbär auf dem Dachboden eines Londoner Wohnhauses. Das gehörte einfach nicht zusammen, auch wenn Frederic sich noch so viel Mühe gab, mich vom Gegenteil zu überzeugen. Ich wusste es besser. Schließlich steckte ich in dem Körper mit dem fehlenden Rhythmusgefühl.

»Hailey wird es dir beibringen.«

Fünf Worte, die mich augenblicklich erstarren ließen.

»Wie bitte?«, hakte ich ungläubig nach.

Tanzen allein war schon eine Herausforderung. Tanzen mit Hailey hingegen war unmöglich.

Wie sollte ich mich denn einer Frau nähern, sie berühren und ihr während des Tanzes die komplette Zeit in die Augen schauen, der ich eigentlich fernbleiben sollte, die tabu für mich war?

Wusste Frederic überhaupt, was er mir da antat?

Nach seiner Ansage damals hatten wir nie wieder darüber gesprochen, wie ich zu seiner Schwester stand. Für Frederic war das Thema vom Tisch. Und ich hatte in der Folgezeit so viele Freundinnen gehabt, dass er denken musste, ich wäre problemlos über sie hinweggekommen.

Aber genau das Gegenteil war der Fall. Mit jeder weiteren Beziehung oder Affäre, in die ich mich kopfüber gestürzt hatte, wurde mir überdeutlich vor Augen geführt, wie sehr ich mich nach Hailey sehnte.

Sie war die Frau, in die ich mich vor langer Zeit verliebt hatte. Aber sie war auch die Frau, die ich nicht haben konnte.

Und nun sollte ich also einen Tanzkurs mit ihr machen? Das ging unter gar keinen Umständen. Das war einfach unmöglich. Nie im Leben würde ich das durchhalten können, ohne ihr dabei auf die Füße zu treten oder mein Herz endgültig in die Tonne treten zu müssen.

»Ich weiß, ihr beide hattet in der Vergangenheit so einige Konflikte miteinander. Es tut mir leid, dass ihr kein besseres Verhältnis zueinander habt. Aber Hailey hat mir versichert, dass sie sich bei diesem Tanzkurs manierlich benehmen wird«, behauptete Frederic mit diesem Kiekslaut in der Stimme, der immer dann auftrat, wenn er die Unwahrheit sprach.

»Tatsächlich? Du hast also schon mit deiner Schwester über den Kurs gesprochen, und sie hat sich einverstanden damit erklärt?«, hakte ich also nach, um dem Ganzen auf den Grund zu gehen.

»Doch, doch. Ganz sicher sogar. Sie, ähm, freut sich sogar darauf«, trug er ziemlich dick auf.

»Bist du dir da ganz sicher?«, wiederholte ich mich, da ich nach wie vor der Überzeugung war, dass es gar keine gute Idee war, Hailey und mich miteinander tanzen zu lassen.

»Du hast keine Freundin, und es gibt außer Hailey und dir keine Singles auf der Hochzeit«, fasste Frederic sein Dilemma zusammen.

»Also sind wir notgedrungen aneinander gebunden, auch wenn wir uns nicht ausstehen können.«

Ein tiefes Seufzen war in der Leitung zu hören.

»Hailey will sich bemühen. Da kannst du doch auch einen Schritt auf sie zu machen. Oder? Ich meine, ihr beide seid erwachsene Menschen und keine Teenager mehr, die sich am liebsten die Augen auskratzen würden.«

Als Teenager hätte ich viel lieber ganz andere Dinge mit Hailey gemacht, aber das konnte ich meinem besten Freund wohl kaum erzählen. Wobei? Wenn ich ihm offen sagen würde, wie es wirklich um meine Gefühle für Hailey stand, dann würde er doch sicher ein Einsehen mit mir haben. Oder? Aber würde er mich dann überhaupt noch als Trauzeugen wollen? Schließlich hatte ich ihm in all den Jahren etwas vorgespielt, was meine Gefühle für seine Schwester anbelangte.

»Okay, ich mach's«, hörte ich mich sogleich antworten.

Tatsächlich war das in dieser Situation die einzig mögliche Antwort, mit der ich meinen besten Freund nicht vor den Kopf zu stoßen brauchte.

Ich war mir jedoch ziemlich sicher, dass ein Tanzkurs mit Hailey als meine Partnerin nie und nimmer gut gehen würde. Sobald wir die ersten Schritte aufs Parkett gelegt hatten, würden wir uns derart angiften, dass an ein Weitermachen nicht zu denken war. Dann würde auch Frederic einsehen müssen, dass es eine Schnapsidee war, Hailey und mich zu Tanzpartnern zu ernennen.

»Das ist klasse. Ich rufe gleich Hailey an«, meinte Frederic und beendete prompt das Gespräch.

Irgendwas sagte mir, dass seine Schwester von ihrem Glück noch nichts wusste. Auch wenn Frederic beharrlich das Gegenteil behauptet hatte.

Kapitel 5

Hailey

»Nie im Leben«, fand ich ziemlich deutliche Worte für den Vorschlag meines Bruders, ich sollte mit seinem besten Freund und Trauzeugen in Personalunion einen Tanzkurs für seine Hochzeit absolvieren.

»Ryan ist einverstanden und freut sich bereits darauf. Kannst du nicht auch über deinen Schatten springen und eure ewigen Streitigkeiten endlich hinter euch lassen? Das wäre mein einziger Wunsch für die Hochzeit – neben dem Tanzkurs, versteht sich.«

Frederic wusste ganz genau, welche Hebel er betätigen musste, um mir ein schlechtes Gewissen einzureden.

Denn tatsächlich war ich bisher noch nicht auf die glorreiche Idee gekommen, was ich meinem Bruder und seiner Zukünftigen zur Hochzeit schenken könnte. Egal, wie sehr ich mich auch mit dieser Frage herumgequält hatte, es wollte mir einfach keine zündende Idee kommen.

»Ich überleg es mir«, kam ich ihm einen Schritt entgegen, während ich darüber nachdachte, ob ich es verkraften würde, Ryan schon in nächster Zukunft viel näher zu kommen, als gut für mich war.

Meine Antwort: Nein, auf gar keinen Fall.

»Ach, gib dir doch einen Ruck, Hailey! So schlimm ist Ryan auch wieder nicht. Wenn du ihn richtig kennen würdest, wüsstest du, was für ein prima Typ er ist. Gib ihm noch mal eine Chance! Sei einfach ganz unvoreingenommen. Ich bin mir sicher, dass ihr euch heute auf einer ganz anderen Ebene begegnen könnt.«

Ja, in der Horizontalen, plapperte meine innere Stimme amüsiert drauflos.

Allein die Vorstellung, eng umschlungen mit Ryan zu tanzen, widersprach all meinen Grundsätzen, die ich irgendwann für mich festgelegt hatte, als mir klar wurde, dass Ryan und ich nie zusammenkommen würden.

Es war eine Art Selbstschutz, eine gewisse Distanz zu ihm zu wahren, wenn ich ihm schon nicht aus dem Weg gehen konnte. Besser, ich zankte mich mit ihm, als dass ich mir das Herz brechen ließ. Aber das konnte ich meinem Bruder so nicht offenbaren. Schließlich ging der fest davon aus, dass ich Ryan nicht leiden konnte. Wenn er wüsste, dass genau das Gegenteil der Fall war, würde er vermutlich die Welt nicht mehr verstehen und mir große Vorhaltungen machen.

Von frühester Kindheit an hatten Frederic und ich immer ein sehr enges und gutes Vertrauensverhältnis zueinander gehabt. Wir hatten uns Dinge verraten, die unsere Eltern bis heute nicht wussten. Was in vielerlei Hinsicht dazu geführt hatte, dass wir uns auch heute noch ausgesprochen gut mit Mum und Dad verstanden.

Außerdem war Ryan Frederics bester Freund. Als wir noch klein waren, war er ständig bei uns zu Hause gewesen. Zeitweise glaubten die Leute schon, wir wären drei Geschwister. Während seine Eltern schließlich einen erbitterten Scheidungskrieg miteinander führten, flüchtete sich Ryan beinahe komplett zu uns, bewohnte sogar für einige Zeit unseren Hobbyraum im Keller.

Frederic gegenüber einzugestehen, dass ich nach wie vor bis über beide Ohren in Ryan verliebt war, wäre, als würde ich zugeben, meinen eigenen Bruder auf eine Art zu lieben, die nicht richtig war. Es wäre irgendwie … falsch. Zumindest war ich der Überzeugung, dass der Rest der Familie es genau so sehen würde.

»Wie gesagt, ich werde es mir überlegen.«

Auch wenn Frederic jetzt und hier eine Antwort von mir wollte, würde ich ihm sicher nicht sofort das Go geben. Zum Glück fand unser Gespräch nur am Telefon statt. Denn wenn er mich mit dieser Mischung aus Vorwurf und Enttäuschung im Blick anschauen würde, wüsste ich nicht, ob ich so standhaft bleiben könnte.

»Ach, Mum drängt darauf, dass wir uns heute Abend alle in Ghrian Castle zusammenfinden und gemeinsam essen. Also, Mum, Dad, Mina, Tante Adelaide, Ryan und du. Mehr Gäste sind noch nicht da. Die Hochzeit ist ja erst in knapp vierzehn Tagen«, rief er sich selbst in Erinnerung.

Der Ärmste wirkte nach wie vor vollkommen von der Rolle.

In seinem Job als Arzt in der Notaufnahme musste er ständig um das Leben anderer Menschen kämpfen. Den Stresslevel, dem er dort ausgesetzt war, konnte ich mir kaum ausmalen. Dennoch blieb er meist die Ruhe selbst.

Ganz anders, wenn es um seine eigene Hochzeit ging. Frederic wirkte, als würde ihm alles entgleiten, als hätte er nicht das Vertrauen in sich selbst, diese Feier glimpflich über die Bühne zu bringen.

Woran lag das bloß? Hatte er Zweifel bekommen, was seine Wahl anbelangte?

Nein, das konnte nicht sein. Mina und er liebten sich aufrichtig und von ganzem Herzen. Vermutlich war genau das der Grund, warum mein Bruder sich selbst derart unter Druck setzte. Er wollte seiner Verlobten ihren schönsten Tag so unvergesslich wie nur möglich gestalten und hatte dabei Angst, auf ganzer Linie zu versagen.

»Tante Adelaide?«, fragte ich, einem Nervenzusammenbruch nahe.

Sie würde mich sicher wieder mit ihren Fragen zu meinem Leben in New York löchern und mir keine Gelegenheit geben, mich mit den anderen Familienmitgliedern zu unterhalten.

Dabei war sie eigentlich meine Lieblingstante. Früher hatten wir viel Spaß mit ihr gehabt. Ihr Haus in Oxfordshire lag sehr ländlich. In ihrem Garten hatten wir ein Baumhaus gebaut und oft unter dem freien Sternenhimmel übernachtet. Alles durchweg positive Erinnerungen, die ich mit ihr verband. Bis auf ihren New-York-Fetisch. Am besten, ich buchte ihr ein Flugticket, damit sie sich endlich selbst ein Bild von der Stadt machen konnte und mich in Ruhe ließ.

»Wir setzen sie neben Ryan. Dann hast du Ruhe vor ihr.«

Frederic wusste um mein Dilemma mit Tante Adelaide. Es rührte mich, dass er gleich eine Lösung für mein Problem parat hatte und mich verstand, ohne mir indirekt Vorwürfe zu machen, mich nicht angemessen um meine Tante zu kümmern, wie es Mum vermutlich an dieser Stelle getan hätte.

Gleichzeitig war die Alternative, während des Abendessens direkt neben Ryan zu sitzen, nicht sonderlich besser. Als die einzigen Singles würden wir während der Hochzeitsfeierlichkeiten noch oft genug notgedrungen nebeneinander platziert werden. Wenn man so wollte, dann war das die Entscheidung zwischen Pest und Cholera.

»Ich weiß nicht, ob das eine gute Idee ist«, wagte ich, Widerworte geltend zu machen, auch wenn ich mir im Klaren darüber war, dass Frederic drohte, jeden Moment an die Decke zu gehen.

»Ich rede mit Ryan«, versicherte er mir mit fester Stimme. »Und ich sage dir später wegen des Tanzkurses Bescheid. Okay?«

»So machen wir es«, meinte Frederic und klang nun schon viel zuversichtlicher.

Als wir das Gespräch beendet hatten, öffnete ich das Fenster meines Zimmers. Das kleine Eichhörnchen saß wieder auf dem Ast, der bis zu meinem Fenster ragte.

Als es mich erblickte, kam es ein paar Schritte auf mich zu. Dann jedoch neigte es unschlüssig das Köpfchen, erst zur einen und dann zur anderen Seite.

»Na, komm schon! Trau dich! Ich tu dir auch nichts!«, versicherte ich dem kleinen Kerlchen, während es nach wie vor uneinig mit sich selbst darüber schien, was es nun tun sollte. Und was besser nicht.

»Ich an deiner Stelle würde ihr kein Wort glauben«, hörte ich Ryan plötzlich aus dem Fenster des Nebenzimmers heraus dem Eichhörnchen sagen.

»Wie bitte?«, fragte ich brüskiert.

Was hatte ich diesem Idioten bloß je getan, dass er mich vor einem Eichhörnchen schlechtmachen musste? Das war doch unglaublich. Nie zuvor hatte mich ein Mensch derart in Rage gebracht, wie es Ryan vermochte.

»Sie sieht nett aus und kann dich mit ihren Worten um den Finger wickeln. Aber glaub mir, Sportsfreund, sie hat es faustdick hinter den Ohren. Komm lieber zu mir!«, sprach er weiter auf das arme Tier ein, ohne auch nur Notiz von mir zu nehmen.

Das Eichhörnchen blickte nun zwischen uns beiden hin und her, als überlegte es ernsthaft, wem von uns beiden es Glauben schenken konnte.

»Der böse Mann will dich fangen und essen«, behauptete ich mit dem Brustton der Überzeugung.

Als ich mir meiner eigenen Worte gewahr wurde, hätte ich sie am liebsten wieder zurückgenommen. Was hatte ich da bloß gesagt? Ich war ja vollkommen durchgedreht. Nicht mal Ryan würde dem niedlichen Tierchen etwas so Schreckliches antun. Dabei traute ich ihm eine ganze Menge zu.

»Was hast du da eben gesagt?«

Nun wandte er sich direkt an mich.

Das Eichhörnchen nutzte unseren Disput und zog sich eilig in den Baum zurück in Sicherheit.

Wie gern ich es ihm doch gleichgetan hätte!

»Nur die Wahrheit.«

»Wie bitte?«

Ryan schien fassungslos.

»Du würdest mir allen Ernstes zutrauen, ein Eichhörnchen zu fangen, um es zu verspeisen?«, fragte er ungläubig.

»Du hast damals bei uns im Garten auch Regenwürmer gegessen«, erklärte ich mit vor der Brust verschränkten Armen.

»Da war ich zehn.«

Nun erhob Ryan, der bisher ziemlich cool und lässig gewirkt hatte, die Stimme.

»Einmal ein Regenwurmesser, immer ein Regenwurmesser«, blieb ich beharrlich, während ich mich fragte, was genau ich da bloß gerade tat.

»Das war eine Mutprobe mit deinem Bruder. Und wenn ich dich daran erinnern darf, Frederic hat auch einen Wurm gegessen.«

»Was er jedoch nie getan hätte, wenn du ihn nicht dazu überredet hättest.«

Ryan hob die Hände, als verstünde er die Welt nicht mehr.

»Wir waren zehn«, rief er mir abermals ins Gedächtnis. »Und du tust gerade so, als hätte ich deinen Bruder dazu angestiftet, eine Bank auszurauben.«

»Das war ein Lebewesen.«

»Wir haben es danach nie wieder getan«, rechtfertigte sich Ryan und sah mich dabei an, als hätte ich vollkommen den Verstand verloren, ihn nach all der Zeit damit zu behelligen.

Dabei ging es überhaupt nicht um diesen doofen Regenwurm von damals. Das wüsste Ryan auch, wenn er uns Frauen – besser gesagt mich – verstehen würde.

»Trotzdem heißt das nicht, dass du es auch nie wieder tun würdest, wenn sich die Gelegenheit dazu böte.«

»Erde an Hailey, Erde an Hailey, hier geht es um ein Eichhörnchen. Ich denke nicht, dass ich je auf die Idee kommen würde, ein Eichhörnchen zu essen. An dem ist doch gar nichts dran.«

»Aber an einem Regenwurm?«, konterte ich, ehe es aus mir herausbrach.

Aus heiterem Himmel begann ich aus vollem Herzen zu lachen. So laut und so schrill, wie ich es schon sehr lange nicht mehr getan hatte. Die Situation war einfach zu skurril, vollkommen bescheuert.

Und während ich damit rechnete, dass Ryan mir bestätigte, dass bei mir eine Sicherung durchgebrannt war, fing auch er herzhaft zu lachen an. Er übertönte mich sogar noch.

Gebirgsbachartig rannen mir die Lachtränen über die Wangen. Und sobald ich zu Ryan hinüberblickte, konnte ich nicht anders, als erneut loszuprusten. Mein Bauch tat mir schon weh vom vielen Lachen. Doch ich konnte einfach nicht damit aufhören.

»Was genau war das denn gerade?«, fragte Ryan, während er sich die Tränen aus den Augen wischte.

»Ich habe keinen blassen Schimmer«, erwiderte ich ehrlich und schüttelte den Kopf energisch, wie um meine Worte zu bekräftigen.

»Ich schiebe es auf den Zuckerschock. Unten gab es Scones und Eclairs. Ein Gedicht!«

»Wie bitte? Und das sagst du mir erst jetzt? Ich komme um vor Hunger«, offenbarte ich.

»Das erklärt einiges«, meinte darauf Ryan und brachte das Pulverfass zwischen uns neuerlich zum Explodieren.

»Was soll das denn heißen?«, hakte ich nach.

»Das soll heißen, dass du nicht du selbst bist, wenn du Hunger hast.«

Bei seinen Worten machte ich große Augen.

»Ich bin vollkommen ich selbst. So was von. Daran ändert doch der Hunger rein gar nichts.«

Als ich Anstalten machte, mich vom Fenster wegzubewegen, rief mir Ryan hinüber:

»Mach dir keine Umstände – der Afternoon Tea ist bereits abgeräumt worden.«

Am liebsten hätte ich ihm daraufhin eines der Bücher an den Kopf geworfen, die ich als Reiselektüre mitgenommen hatte.

»Aber ich hab dir noch einen Eclair mitgebracht«, säuselte er zuckerschockartig.

»Was willst du dafür?«, begann ich sogleich zu feilschen, obwohl ich mich eigentlich cool geben und das süße Gebäck großmütig ausschlagen sollte.

Da hatte ich meine Rechnung offensichtlich ohne meinen Hunger gemacht.

Denn bis zum Abendessen mit meiner Familie und Ryan waren es noch knapp zwei Stunden. Bis dahin wäre ich verhungert. So viel stand schon mal fest.

»Ich möchte, dass du mir versprichst, nie wieder vor dem Eichhörnchen so abwertend über mich zu sprechen.«

Bei Ryans Worten schob ich meinen Kopf erneut durchs Fenster, um zu sehen, was für ein Gesicht er dabei machte.

»Ich bemühe mich«, kam ich ihm ein Stück weit entgegen.

»Das ist mir nicht genug«, jammerte Ryan.

»Ryan, es handelt sich lediglich um ein Eichhörnchen. Es kann dich nicht verstehen«, rief ich ihm in Erinnerung.

Doch Ryan machte eine abwinkende Handbewegung.

»Chip ist einer von der schlauen Sorte. Der versteht ganz genau, was wir sagen.«

»Chip? Warum nicht Chap?«

»Echt jetzt?«

»Was?«

»Du tust es schon wieder, Hailey.«

»Was denn? Ich weiß überhaupt nicht, was du meinst.«

»Dann kann ich dieses leckere Eclair hier für mich behalten?«

Wie um mich noch eine Spur eifersüchtiger zu machen, streckte Ryan das süße Teilchen zum Fenster hinaus. Es war sogar mit Schokolade überzogen. So, wie ich es am liebsten mochte.

Und Ryan wusste das ganz genau. Schließlich war er früher oft genug bei uns gewesen, um sich mit mir um das letzte Schokoladen-Eclair zu streiten. Ganz im Gegensatz zu Frederic, der sich aus der ganzen Sache lieber rausgehalten hatte.

»Klar. Also ich brauche es ganz sicher nicht.«

Prompt knurrte mein Magen in einer Lautstärke, die noch zwei Zimmer weiter zu hören war, und strafte mich damit augenblicklich Lügen.

Sogleich war wieder Ryans sonores Lachen zu hören. Der Mann brachte mich mal wieder auf die Palme. Gleichzeitig hätte ich mich am liebsten in einem Mäuseloch verkrochen. Schließlich war gut hörbar gewesen, wie hungrig ich war.

Aber sein doofes Schokoladen-Eclair konnte er sich sonst wohin stecken. Darauf war ich nicht angewiesen.

»Gut, dann sehen wir uns später bei der Abfahrt nach Ghrian Castle«, erklärte Ryan wie selbstverständlich, ehe er sich vom Fenster zurückzog.

In diesem Moment bedauerte ich es zutiefst, dass ich meinem Bruder die Bitte, während der Vorbereitungen für die Hochzeit für Ryan den Chauffeur zu spielen, nicht ausgeschlagen hatte. Denn nun würde ich in knapp eineinhalb Stunden mit ihm in einem Cabrio sitzen müssen und mich am liebsten ans andere Ende der Welt wünschen.

Schmollend ging ich hinüber zu meinem Koffer, um ihn auszupacken. Bisher war noch keine Gelegenheit gewesen, meine Klamotten in den Schrank zu verräumen. Dabei warf ich einen kritischen Blick auf das Cocktailkleid, das ich mir für die Hochzeit meines Bruders ausgesucht hatte. War es nicht doch zu offenherzig? Insbesondere die Spitze im oberen Bereich des Kleides war doch ein wenig gewagt. Und was würde Ryan wohl sagen, wenn er mich das erste Mal in diesem nachtblauen Kleid sah?

Schockiert über meinen letzten Gedankengang hätte ich den Koffer am liebsten wieder zugeklappt und das Kleid bis zur Hochzeit darin versteckt. Aber da der Stoff sehr empfindlich war und den Flug aus New York anscheinend unbeschadet überstanden hatte, hatte ich Mitleid mit ihm und hängte es zu meinen anderen Klamotten in den Schrank.

Kopfschüttelnd stand ich davor, nahm die übrigen Kleidungsstücke aus dem Koffer und legte auch sie in den Schrank. Dann schloss ich den Koffer wieder und stellte ihn daneben.

Im nächsten Moment klopfte es an der Tür.

Wer konnte das denn sein? Schließlich erwartete ich niemanden. Und wenn es Ryan sein sollte, der mir abermals unter die Nase reiben wollte, wie gut das Eclair geschmeckt hatte, konnte ich für nichts mehr garantieren. Unter Umständen würde sich Frederic dann einen neuen best man suchen müssen.

Etwas zu schwungvoll öffnete ich die Tür, bereit, Ryan jeden Moment anzublaffen und ihm die Zähne zu zeigen. Doch vor mir im Flur stand niemand. Vermutlich hatte sich jemand einen Scherz damit erlaubt, an meine Tür zu klopfen. Dieser Jemand war mir hinreichend bekannt. Was für Albernheiten man sich …

In dem Moment fiel mein Blick auf einen Teller unmittelbar vor meiner Tür. Darauf lag in der Mitte ein Schoko-Eclair, das mich anlachte und dem ich kaum widerstehen konnte. Ebenfalls auf dem Teller befand sich ein kleiner weißer zusammengefalteter Zettel.

Zunächst beugte ich mich über den Teller hinweg ein Stück weit in den Flur hinaus und blickte nach rechts und nach links. Als ich niemanden erkennen konnte, schnappte ich mir eilig den Teller, verschloss die Tür und ging dann hinüber zu den beiden Sesseln und dem kleinen Tisch. Darauf stellte ich den Teller ab und starrte sowohl den Zettel als auch das süße Teilchen einen Moment lang unschlüssig an.

Sicher hatte Ryan eine provozierende Nachricht hinterlassen, über die ich mich dermaßen aufregen würde, dass ich außerstande sein würde, das Eclair zu genießen. Das Beste würde sein, ich würde das weiße Stück Papier überhaupt nicht beachten und nur das Schoko-Eclair essen.

Tatsächlich gelang es mir, das Eclair zu verspeisen, ohne dass meine Finger nach dem Zettel greifen wollten, um nachzusehen, was darin geschrieben stand. Doch kaum war die süße Köstlichkeit in meinem Magen verschwunden, siegte meine Neugierde.

Schon im nächsten Moment hatte ich den Zettel geöffnet und Ryans Zeilen gelesen:

Iss das Schoko-Eclair lieber noch, bevor wir losfahren. Ich denke, das ist für alle das Beste. Vor allem für mich ;).

Dem ersten Impuls folgend hätte ich am liebsten den Teller genommen, bei Ryan an die Tür geklopft und ihm selbigen um die Ohren gehauen. Doch dann musste ich ihm zähneknirschend recht geben.

Das Eclair war eine Wohltat gewesen. Und hungrig hätte ich mir sicher sehr böse Dinge für Ryan ausgedacht, um ihm das Leben in den kommenden vierzehn Tagen zur Hölle zu machen.

Insofern wertete ich das Eclair als Friedensangebot und beließ es dabei.

Kapitel 6

Ryan

»Und Sie sind also alleinstehend?«, fragte Frederics Tante Adelaide mich gerade zum dritten Mal, als könnte sie es schlichtweg nicht glauben, dass ich bisher noch nicht die Richtige gefunden hatte.

»So ist es«, bestätigte ich ihr ebenfalls zum dritten Mal, da ich ihr schlecht eingestehen konnte, dass ich nur deshalb Single war, weil die Frau, in die ich mich verliebt hatte, für mich unerreichbar blieb.

Während Tante Adelaide zu meiner Rechten saß und mich mit ihren recht indiskreten Fragen löcherte, unterhielt Hailey sich links von mir und die ganze Zeit angeregt mit Mina, Frederics Zukünftiger. Mich beachtete sie indes gar nicht.

Zwar bedauerte ich die Tatsache ein wenig, letztlich war ich jedoch selbst daran schuld. Erst hatte ich sie mit dem silbernen Mercedes Cabrio aufgezogen, das in meinen Augen überhaupt nicht zu ihr passte und vielmehr als Aufreißerkarre gewertet werden musste. Dann hatte ich, nachdem sie meinte, ich wäre nur neidisch, das Fass zum Überlaufen gebracht, indem ich ihren Fahrstil kritisiert hatte.

»Das kann ich mir gar nicht vorstellen, Ryan. Sie sind so ein gut aussehender junger Mann. Also wenn Sie mich fragen, dann haben die Frauen in London keine Augen im

Kopf«, schlussfolgerte Tante Adelaide, während ich von meiner Linken ein amüsiertes Kichern vernehmen konnte.

Ob Hailey die Aussage ihrer Tante erheiterte oder Mina ihr etwas Lustiges erzählt hatte, konnte ich dabei jedoch nicht mit Sicherheit sagen.

Erleichtert atmete ich schließlich auf, als die Cullen Skink, eine schottische Suppe, bestehend aus geräuchertem Schellfisch, Kartoffeln, Zwiebeln und Milch, gereicht wurde.

Auf diese Weise würde ich die nächsten Minuten nicht mit Tante Adelaide sprechen müssen, die in der Zwischenzeit ohne Unterlass auf mich eingeredet hatte. So hatte sie mich gefragt, wo genau ich in London lebte, um mir daraufhin zu erklären, dass es in der näheren Umgebung viele Möglichkeiten gäbe, die passende Frau fürs Leben zu finden. Dabei klang sie fast so, als wäre ich ein hoffnungsloser Fall, ohne mich jedoch direkt so zu betiteln.

Nachdem die Vorspeise abgeräumt worden war, griff Tante Adelaide das Thema abermals auf und erzählte mir, wie sie und ihr Mann sich kennengelernt hatten. Der gute George musste jedoch die kommenden Tage noch arbeiten und würde erst kurz vor der Hochzeit hier am Clachtoll Beach ankommen.

Als die Hauptspeise, bestehend aus traditionellem Haggis, eintraf, warf Frederic mir einen mitleidigen Blick zu, doch ich signalisierte ihm, dass alles bestens wäre.

Der Ärmste war vorhin bei unserer Ankunft ein nervliches Wrack gewesen. Die Hochzeitsvorbereitungen schienen ihn mehr mitzunehmen, als ich bisher wahrgenommen hatte.

Zwar hatte ich mich sehr darüber gewundert, dass er keinen Junggesellenabschied wünschte, aber inzwischen bekam ich ein Bild davon, warum er dermaßen dagegen war. Frederic wollte offensichtlich besonders im Zusammenhang mit den Hochzeitsvorbereitungen vermeiden, womöglich die Kontrolle zu verlieren. Ebenso befürchtete er, es nicht allen recht machen zu können. Dabei ging es doch um seine eigene Hochzeit. Sie musste niemandem gefallen. Außer Mina und ihm selbst.

Wenn sich nach dem Essen eine Gelegenheit ergab, kurz in Ruhe mit Frederic zu sprechen, dann würde ich sie nutzen und ihm gut zureden. Der Ärmste sah vollkommen gestresst aus.

Nach dem Haggis gab es eine Variation aus verschiedenen Eissorten. Tante Adelaide aß mit Genuss und sprach dabei weiter, was sie die übrigen beiden Gänge über nicht getan hatte. Also das mit dem Sprechen. Gegessen hatte sie sehr wohl.

»Was ist eigentlich mit Hailey?«, fragte sie mich vieldeutig und blickte mich dabei unverwandt an.

»Sie unterhält sich mit Mina. Die beiden haben sich lange nicht gesehen«, erklärte ich, woraufhin Tante Adelaide zu lachen begann.

»Aber nein, Sie Dummerchen, ich meine vielmehr, ob nicht Hailey als potenzielle Partnerin für Sie infrage käme? Sie ist sehr intelligent und bildhübsch. Finden Sie nicht auch?«

Bei Tante Adelaides Worten verschluckte ich mich. Ich hustete und hustete, bis mir Tante Adelaide beherzt auf den Rücken schlug.

»Na, Sie werden uns doch wohl nicht an einem Eis ersticken. Oder?«, scherzte sie, woraufhin der Rest des Tisches zu lachen anfing.

Als ich mich so weit wieder unter Kontrolle hatte, hoffte ich, Tante Adelaide würde nun endlich von mir ablassen und mich nicht noch mal auf Hailey ansprechen. Doch weit gefehlt.

»Hailey ist wirklich ein toller Fang. Sie ist zuverlässig, liebevoll, ehrlich und vertrauenswürdig. Wenn Sie mich fragen, gibt es keinen logischen Grund, warum sie noch Single ist. Ebenso wie Sie. Das ergibt überhaupt keinen Sinn. Außer natürlich …«, hob sie an, beendete ihren Satz jedoch nicht gleich.

»Wer weiß, vielleicht sind Hailey und Sie füreinander bestimmt«, schlussfolgerte Tante Adelaide und klang nun äußerst überzeugt von ihrer These.

»Ich denke nicht, dass Hailey und ich …«, bemühte ich mich, Tante Adelaide von dem Thema abzubringen.

Schließlich ging es hier weder um mich noch um Hailey. Frederic und Mina sollten im Mittelpunkt stehen. Schließlich würden die beiden bald heiraten, und wir alle waren nur hier, um diesen Anlass gebührend mit ihnen zu feiern.

»Was sagst du denn dazu?«, wandte sich Tante Adelaide über meinen Kopf hinweg an Hailey.

»Wozu?«, fragte Hailey irritiert.

Da sie nach wie vor in das Gespräch mit Mina vertieft gewesen war, hatte sie aller Wahrscheinlichkeit nach nichts von dem Gespräch zwischen Tante Adelaide und mir mitbekommen. Und wenn es nach mir ginge, sollte es auch genau so bleiben.

»Na ja, Ryan und du …«, meinte sie vielsagend und zog dabei ihre Augenbrauen anzüglich nach oben.

»Ja?«, hakte Hailey mit leicht zusammengekniffenen Augen und gerunzelter Stirn nach, da sie offenbar nicht verstand, worauf ihre Tante hinauswollte.

»Ihr seid beide Single, seht gut aus, habt super Jobs und passt perfekt zusammen«, erklärte sie sogleich, ohne dass ich sie davon abhalten konnte.

»Ich denke nicht, dass Ryan und ich zusammenpassen«, erwiderte Hailey mit einem leichten Zucken am Lid.

Offenbar stand sie kurz davor, durchzudrehen.

Aber wer konnte es ihr verübeln? Schließlich versuchte ihre Tante sie ausgerechnet mit dem Mann zu verkuppeln, der sich erst vor knapp eineinhalb Stunden über ihren miesen Fahrstil beklagt hatte.

Keine Ahnung, was das für eine Dynamik zwischen uns war, dass wir jedes Mal aneinandergerieten. Aber da dieses intensive Gefühl, das ich immer dann verspürte, wenn ich in Haileys Nähe war, irgendwie zum Ausdruck gebracht werden musste, kanalisierte ich es eben auf diesem Weg.

»Da bin ich zur Abwechslung mal ganz Haileys Meinung«, erwiderte ich mit fester Stimme.

»Was soll das denn heißen?«, hakte Hailey nach und sah mich nun direkt an.

»Das soll heißen, dass wir für gewöhnlich kaum bis nie auf einen Nenner kommen. Wenn ich etwas gut finde, findest du es meist doof. Wenn ich vorsichtig bin, springst du mitten in die Gefahr. Während ich leise bin, bist du eher laut. Und wenn ich …«

»Okay, okay.« Hailey hob abwehrend ihre Hände in die Höhe. »Wir haben es alle verstanden. Du kannst mich auf den Tod nicht ausstehen. Prima. Da haben wir es. Dann hätten wir das nun auch ein für alle Mal geklärt.«

»Ach, zu schade aber auch«, jammerte derweil Tante Adelaide. »Die Kinder der beiden wären sicher furchtbar süß geworden.« Um Beifall heischend blickte sie in die Runde.

»Nicht jeder, der rein äußerlich betrachtet gut zusammenpassen würde, ergibt auch in der Realität ein Traumpaar, Tante Adelaide«, mischte sich nun auch Frederics Dad ein, sodass sich die Unterhaltung auch über den übrigen Tisch ausbreitete.

»Also damals, als ihr im Teenageralter wart, hatte ich schon öfter mal das Gefühl, dass ihr beide euch ganz gut versteht«, erklärte nun Frederics und Haileys Mum. »Sogar mehr als das.«

»Mum!«, rief Hailey entrüstet aus, kaum dass ihre Mutter ihre Meinung kundgetan hatte.

»Was denn? Ich werde doch noch sagen dürfen, was ich denke. Das heißt ja nicht, dass ihr euch heute auch noch gut verstehen müsst. Ganz im Gegenteil. Wenn ich so mitbekomme, worüber ihr beiden euch immer, wenn ihr euch begegnet, in die Haare bekommt, fände ich es besser und vor allem nervenschonender, wenn ihr nicht zusammenkommen würdet.«

»Zu schade aber auch«, wiederholte sich Tante Adelaide neben mir und zückte ihr Handy.

Als ich sie fragend anblickte, legte sie es wieder beiseite.

»Meine Schwägerin Carolin hat auch noch eine Tochter im heiratsfähigen Alter. Ich habe ihr gerade geschrieben, ob Maggy bereits einen Freund hat.«

»Tante Adelaide!«, rief Hailey und wirkte äußerst erzürnt über ihre Versuche, mich zu verkuppeln.

Das war irgendwie … süß. Aber natürlich konnte ich ihr das nicht sagen.

»Na, komm schon, Hailey. Nur, weil du den lieben Ryan nicht möchtest, heißt das nicht, dass ihn auch keine andere haben kann. Er ist ein netter Kerl, echt hübsch anzusehen, verdient gut und steht in der Blüte seines Lebens. Schon bald fällt ihm das Haar aus und er bekommt einen Bauchansatz. Dann will ihn ganz sicher keine mehr haben. Ist doch so.«

Tante Adelaide sprach offenbar unvermittelt aus, was sie dachte. Eine sehr charmante Frau, auch wenn ich hoffte, dass ihre Prophezeiung, was mein Äußeres anging, nicht allzu bald eintreffen würde.

»Ich denke, wir sollten vielleicht ein anderes Thema finden. Wie wäre es mit der Hochzeit?«, schlug Eleonore vor. »Was gibt es da denn noch alles zu bedenken?«

Bei dem Vorstoß seiner Mutter machte Frederic ein verkrampftes Gesicht. Ihm schien es ganz und gar nicht zu gefallen, schon wieder über die Hochzeit sprechen zu müssen.

»Frederic, wir müssten draußen kurz noch diese eine Sache besprechen«, griff ich ein, als ich bemerkte, wie unwohl sich mein bester Freund in seiner Haut fühlte.

»Hm?«, fragte er, während ich ihm mit vielsagenden Grimassen und einem Wink in Richtung Ausgang zu verdeutlichen versuchte, dass ich ihn hier herausbringen wollte. »Oh, ja, natürlich. Das hatte ich ja ganz vergessen. Wir müssen mal eben kurz …«

Dann erhob er sich von seinem Platz und begleitete mich durch den Speisesaal von Ghrian Castle und die Lobby nach draußen vors Hotel.

»Danke, Mann! Ich schulde dir was. Aber wenn ich heute noch ein einziges Mal über die Abläufe der Hochzeit hätte sprechen müssen, wäre ich vermutlich tot umgefallen.«

»So schlimm?«, hakte ich nach, während wir ein paar Schritte nebeneinanderher gingen.

Der Clachtoll Beach war hier am Ghrian Castle kaum zu sehen. Zumindest nicht von dem Kiesweg aus, der rund um die Anlage herumführte. Dafür war das Hotel wesentlich größer und sicher auch komfortabler als unsere Pension. In der Eingangshalle hatte ich gelesen, dass es sogar eine Sauna und ein Dampfbad gab. Auch das obligatorische Schwimmbecken fehlte nicht.

»Ach, ich weiß ja auch nicht. Mum und Tante Adelaide haben zusammen einfach eine ganz besondere Dynamik. Das hast du ja eben selbst gesehen. Sie wollen uns nur helfen, treiben mich aber mit ihren ständigen Fragen beinahe in den Wahnsinn. Und dabei meinen sie es sicher nur gut.«

»Morgen Abend holen Hailey und ich dich ab, und wir machen doch noch einen kleinen Junggesellenabschied«, entschied ich spontan.

»Nein, ich denke nicht, dass das eine gute Idee ist. Es ist noch so viel zu erledigen. Übermorgen steht das große Testessen an. Eigentlich hätte es schon längst stattfinden sollen, aber Mum und Tante Adelaide wollten unbedingt mit dabei sein«, seufzte er.

»Ein Grund mehr, morgen Abend noch einmal ausgelassen feiern zu gehen. Oder hast du Bedenken wegen Mina?«

Doch Frederic winkte ab.

»Mina war die Erste, die mir gesagt hat, ich solle einem Junggesellenabschied zustimmen. Sie war schließlich auch mit ihren Mädels unterwegs. Nein, es ist etwas anderes.« Er schwieg einen Moment. »Du weißt ja bestimmt noch, wie das war, als wir damals beinahe diese zwei jungen Männer angefahren haben. Seither komme ich mit dem Stress nicht mehr ganz so gut klar, insbesondere in Situationen, die mich an diesen Abend erinnern«, offenbarte mir mein bester Freund zum ersten Mal.

Der Vorfall, den er mir schilderte, lag gut zwölf Jahre zurück. Frederic hatte soeben erst seinen Führerschein gemacht, und wir beide wollten eine Spritztour unternehmen. Frederic war euphorisch, das Testosteron pumpte nur so durch seinen Körper, während wir mit überhöhter Geschwindigkeit unterwegs waren. Und dann wäre es beinahe passiert. Wenn ich Frederic nicht zugerufen hätte, mit voller Wucht zu bremsen, dann hätte er zwei Jungs umgefahren, die sturzbesoffen vor uns auf die Straße stolperten.

»Aber es wäre nicht deine Schuld gewesen, Frederic. Das weißt du auch.«

»Rein rational betrachtet hast du natürlich recht. Aber tief in mir drinnen mache ich mir deshalb bis heute Vorwürfe«, gestand er mir ein.

Seit Jahren hatte ich nicht mehr an diesen Vorfall gedacht. Schließlich war nichts passiert. Aber ich hatte auch nicht hinter dem Lenkrad gesessen und hätte beinahe zwei Menschen angefahren. Wenn ich in Frederics Haut stecken würde, erginge es mir vielleicht ganz ähnlich.

»Wenn du mit dem Stress nicht zurechtkommst, wie schaffst du es dann, so ruhig und gelassen in der Notaufnahme zu arbeiten?«, kam ich nicht umhin, ihn zu fragen.

Frederic seufzte.

»Das ist etwas ganz anderes. Dort rette ich Leben. Es tut mir gut, meine Arbeit zu machen. Da kann ich mich problemlos konzentrieren und weiß immer ganz genau, was zu tun ist. Ich habe aber auch ein tolles Team, auf das ich mich voll und ganz verlassen kann«, erklärte er mit einem friedlichen Lächeln auf den Lippen.

»Mein Entschluss steht fest, Frederic.« Nach dem, was ich gerade gehört hatte, war ich noch mehr davon überzeugt, dass ich meinen Freund auf andere Gedanken bringen sollte. »Du musst hier raus, bevor du noch durchdrehst. Hörst du?«

Er seufzte abermals.

»Okay, okay, vielleicht ist es ja wirklich eine gute Idee, ein bisschen was anderes zu sehen und mich nicht nur um die Hochzeitsvorbereitungen zu kümmern. Hailey hat mir schon vorgeworfen, mich in Bräutigamzilla verwandelt zu haben.«

Bei seiner Andeutung musste ich lachen.

»Das hätte ich wahrlich nicht treffender beschreiben können«, stimmte ich Hailey zu.

»Nur, wenn ihr beiden euch gegen mich verschwören könnt, seid ihr einer Meinung. Aber erzähl mir lieber, wie es am Clachtoll Beach zwischen euch läuft. Bisher habe ich bei keinem von euch beiden irgendwelche äußeren Blessuren entdecken können. Es scheint fast so, als wärt ihr bis dato friedlich miteinander umgegangen«, meinte Frederic und strich sich dabei seine kinnlangen blonden Haare hinters Ohr.

»Der Schein trügt, würde ich mal sagen. Hinter den Kulissen sind die Fetzen zwischen Hailey und mir nämlich schon ganz ordentlich geflogen.«

Frederic schüttelte bei meinen Worten verständnislos den Kopf.

»Dabei sollte man doch davon ausgehen, dass ihr beiden inzwischen gelernt habt, wie Erwachsene miteinander umzugehen.«

Jetzt war es an mir, eine abwinkende Handbewegung zu machen.

»Ach Frederic, du kennst uns. Pack schlägt sich, Pack verträgt sich. Nur mit dem Unterschied, dass Hailey und ich uns nie vertragen. Kaum dass wir einander sehen, legt sich bei uns beiden wie auf ein geheimes Signal hin ein unsichtbarer Schalter um, und wir vergessen beide unsere gute Kinderstube.«

»Gute Kinderstube?«, fragte Frederic mit hochgezogener Augenbraue und schnippischem Grinsen auf den Lippen nach.

Zur Antwort knuffte ich ihn leicht in die Seite. Alles rein freundschaftlich, versteht sich.

»Manchmal habe ich das Gefühl, ihr beiden funktioniert nebeneinander nur, wenn ihr euch hemmungslos bekriegen könnt. Dabei waren wir drei doch früher echt ein gutes Team. Keine Ahnung, wann das alles so schrecklich schiefgelaufen ist.«

»Mach du dir mal keine Gedanken um Hailey und mich. Wir beide sind nun mal so, wie wir sind. Aber tief in unseren Herzen wissen wir, dass es der jeweils andere gar nicht so meint. Als hätten wir irgendwann einen Kodex unterschrieben, wie das zwischen uns ab sofort laufen würde. Andere haben zu Hause einen Sandsack, um sich abzureagieren. Mir reicht ein verbaler Schlagabtausch mit Hailey, um mich wieder fit und fidel zu fühlen«, versuchte ich meinen besten Freund zu beruhigen.

Frederic hielt in der Bewegung inne.

»Du bist dir aber schon im Klaren darüber, dass das nicht der normale Umgang mit einer Frau ist. Oder? Ich meine, vielleicht sollte ich dich doch lieber in die vertrauensvollen Hände meiner Tante Adelaide übergeben, damit sie dich unter die Haube bringt. Sonst wird das in diesem Leben nämlich definitiv nichts mehr.«

Zur Antwort boxte ich Frederic in den Arm, während dieser sich vor Lachen kaum noch einkriegen konnte.

Aber auch wenn der Witz auf meine Kosten ging, war es mir viel wichtiger, dass Frederic ein Stück weit seine Leichtigkeit wiedergefunden hatte. Er wirkte gar nicht mehr so verkrampft wie zu Beginn des Abends.

Wahrscheinlich war genau das meine Aufgabe als sein Trauzeuge. Ich war dafür verantwortlich, dass er über den Hochzeitsvorbereitungen nicht die Nerven verlor, so wie das heute Abend den Anschein gemacht hatte.

»Ich muss nicht vermittelt werden, Frederic. Ich bin kein hoffnungsloser Fall. Und vielleicht hab ich die richtige Frau ja schon gefunden«, hörte ich mich sagen, um dieses leidige Thema endlich zu beenden.

Ja, ich war bereits über dreißig und hatte noch keine Partnerin. Aber das war doch meine Sache. Oder?

Gut möglich, dass Frederic sich Sorgen um mich machte oder mir auch eine Seelenverwandte an die Seite wünschte, so wie er sie in Mina gefunden hatte. Das waren grundsätzlich alles gute Dinge, aber für mich galten eben andere Regeln.

»Erzähl! Ich will alles wissen.«

Verdammt, da hatte ich Frederics Interesse nun wohl eher noch angefacht.

Doch ein Gutes hatte das Ganze: Er dachte nicht mehr über die eigene Hochzeit nach.

»Ich kenne sie aus der Werbeagentur. Wir waren ein paarmal etwas trinken. Ganz unverfänglich«, erzählte ich von meiner Kollegin Naomi und mir.

Dass wir allerdings nur gute Freunde waren, sparte ich an dieser Stelle aus. Schließlich hatte Frederic das Bedürfnis, mich in guten Händen zu wissen. Daher wollte ich ihm den Gefallen auch gerne tun. Zumindest zeitweise, bis der ganze Trubel rund um die Hochzeit vorbei war und er wieder klar denken konnte.

Allerspätestens nach den Flitterwochen würde ich ihm dann sagen, dass das mit Naomi und mir doch nicht die ganz große Liebe war, und schon war die Sache vom Tisch. Ich musste nur ein bisschen durchhalten. So einfach war das.

»Warum hast du denn nie etwas von ihr erzählt? Wir hätten sie doch auch zur Hochzeit einladen können«, ermahnte mich Frederic und sah mich dabei ein wenig vorwurfsvoll an.

»Das mit Naomi und mir ist noch viel zu frisch. Ich will erst mal abwarten, wie sich die Dinge entwickeln. Dann sieht man weiter.«

Frederic hob mahnend seinen Zeigefinger.

»Ich werde sie kennenlernen.«

Ich nickte zustimmend, da ich ihm schlecht sagen konnte, dass es ein Treffen nicht geben würde, da Naomi und ich nur Arbeitskollegen waren. Gute Arbeitskollegen. Wir pflegten ein freundschaftliches Verhältnis, aber eben auch nicht mehr.

»Ich wollte langsam zurück zum B&B fahren«, hörte ich plötzlich Hailey in meinem Rücken sagen.

Einem ersten Impuls folgend, wandte ich mich direkt zu ihr um, um festzustellen, was sie von dem Gespräch über Naomi und mich mitbekommen hatte. Doch ein einziger Blick genügte, um festzustellen, dass sie die letzten Sätze zwischen Frederic und mir mitangehört hatte.

Das war genau das, was ich vermeiden wollte.

Wozu? Du wirst doch ohnehin nicht mit ihr zusammenkommen. Weil das nun mal nicht geht, erinnerte mich meine innere Stimme.

Zu meinem Leidwesen musste ich ihr recht geben. Dabei hatte ich mir vorgenommen, in Haileys Augen der ewige Single zu bleiben. So, wie sie es war. Nur für den Fall, dass … Vielleicht gab es ja doch irgendwie die Möglichkeit, dass wir beide uns näherkamen und …

Aber das war lächerlich, und alle Überlegungen in diese Richtung waren wenig zielführend. Sie war und blieb die kleine Schwester meines besten Freundes, außerdem lebte sie in New York, und daran würde sich weder morgen noch nächste Woche etwas ändern. Das stand außer Frage.

Warum machte ich mir dann aber selbst etwas vor? Weil ich glaubte, irgendwann eine Lösung für mein Problem zu finden? Weil ich die Hoffnung nicht aufgeben wollte, alle Hindernisse würden sich noch irgendwie in Wohlgefallen auflösen?

Doch dann blickte ich in Haileys ernste Miene. Sie schien nicht einmal zu blinzeln, während sie mich ansah.

»Wir können gleich los«, erwiderte ich nach einer gefühlten Ewigkeit.

»Dann bis morgen, Bruderherz.«

Hailey ging mit wenigen Schritten auf Frederic zu und nahm ihn fest in den Arm.

Wie gerne ich doch an seiner Stelle gewesen wäre. Aber das zwischen Hailey und mir war für immer dazu vorbestimmt, auf rein platonischer Ebene abzulaufen. Ohne Aussicht auf Hoffnung.

Kapitel 7

Hailey

»Mina, konntest du Frederic den Unfug mit dem Tanzkurs irgendwie ausreden?«, fragte ich meine Beinahe-Schwägerin am nächsten Morgen kurz nach dem Aufstehen und kaute dabei an meinen Fingernägeln.

Eine Unart, die ich doch längst abgelegt hatte. Aber diese ganze Tanzkurs-Sache machte mich schrecklich nervös. Vor allem, da Ryan jetzt offensichtlich eine Freundin hatte. Unter diesen Umständen wollte ich ihm erst recht auf gar keinen Fall so nahe kommen müssen. Allein die Vorstellung war eine Quälerei.

Gleichzeitig wollte ich meinen Bruder aber auch nicht enttäuschen. So fertig, wie er gestern Abend ausgehen hatte, würde meine Absage bei ihm noch zu einem Herzinfarkt führen. Darauf durfte ich es unter gar keinen Umständen ankommen lassen.

Ein resigniertes Seufzen war in der Leitung zu hören. Wenn ich es richtig einordnete, dann verhieß es nichts Gutes.

»Frederic hat einen genauen Plan erstellt, wer wann mit wem tanzt. Er hat ewig daran herumgetüftelt. Und bei dem Eröffnungstanz beharrt er auf der Vorstellung, dass sein

Trauzeuge und meine Trauzeugin gleich nach uns starten sollten.«

Mein Bruder war ein verdammter Perfektionist.

»Warum macht Ryan den Kurs denn dann nicht mit deiner Trauzeugin?«, fragte ich nach, um nichts unversucht zu lassen, doch noch meinem Schicksal zu entgehen.

»Bella kommt erst wenige Tage vor der Hochzeit nach Schottland. Das wäre zu kurzfristig. Sie ist beruflich sehr eingespannt und lebt in Spanien. Und da Frederic meinte, Ryan hätte hinsichtlich seiner Tanzkünste … Übungsbedarf, ist ihm als einzige Lösung für sein Dilemma eingefallen, dich um diesen Gefallen zu bitten. Er meinte, dir würde es bestimmt gelingen, auch einem Stock wie Ryan noch etwas Rhythmusgefühl beizubringen, Tanzen wäre doch genau dein Ding.« Sie lachte leise.

Wie ein eingesperrtes Tier lief ich mal wieder durch das kleine Gästezimmer des B&Bs am Clachtoll Beach. Chap, wie ich das Eichhörnchen in der Zwischenzeit für mich getauft hatte, traute sich auf dem Ast schon fast bis zu meinem Fenster und sah mich unvermittelt an.

Was sich das kleine Kerlchen wohl für Gedanken machte? Machte er sich überhaupt Gedanken? Konnten das Eichhörnchen überhaupt oder war das vielmehr eine zutiefst menschliche Sichtweise?

»Ich kann Frederic natürlich ausrichten, dass du das mit dem Tanzkurs unter keinen Umständen übernehmen kannst. Allerdings …«

Bei Minas Worten schloss ich die Augen für einen Moment.

»Nein, ist schon gut. Wir kriegen das bestimmt irgendwie hin. Falls er mir auf die Füße treten sollte, trete ich einfach zurück. Wir sind beide erwachsene Menschen. Das wird schon klappen«, behauptete ich, um Mina und vor allem mir selbst dadurch Mut zu machen.

Aber da Ryan ohnehin eine Freundin hatte, war das zwischen uns … Ja, was war das zwischen uns? War da überhaupt etwas oder hätte ich es vielmehr nur gerne gesehen, dass da etwas wäre? Im Grunde war er vor allem der beste Freund meines Bruders und weiter nichts. Ich sollte mir meine Kleinmädchenschwärmerei ein für alle Mal aus dem Kopf schlagen.

»Falls irgendetwas sein sollte, melde dich. Der Tanzkurs startet heute Nachmittag um sechzehn Uhr bei einer Mrs Hazelwood. Sie hat ein kleines Tanzstudio ganz in eurer Nähe. Dort bekommt ihr Privatstunden. Sie wird euch nur die gängigen Sachen wie Walzer, Cha-Cha-Cha und Rumba beibringen. Das klassische Hochzeitsprogramm eben.«

»Privatstunden heißt, dass Ryan und ich dort allein sind?«, hakte ich nach, obwohl ich mir ziemlich sicher war, die Antwort bereits zu kennen.

»So ist es. Aber Mrs Hazelwood ist ja dabei. Sie soll eine Koryphäe auf ihrem Gebiet sein«, behauptete Mina.

»Hat Frederic das gesagt?«, fragte ich nach.

»Ja, genau.«

»Das heißt dann wohl übersetzt, dass sie die Einzige war, die so kurzfristig noch Zeit hatte.«

»Oh!«, machte meine Schwägerin in spe.

»Irgendwann wirst du ihn auch komplett durchschauen.«

Am anderen Ende der Leitung war ein Lachen zu hören.

»Ich bin mir gar nicht sicher, ob ich das wirklich will«, meinte Mina.

Dann verabschiedeten wir uns voneinander, und ich warf frustriert das Handy aufs Bett.

Chap stand noch immer auf dem Ast und war sogar noch ein paar Schritte weiter in meine Richtung gekommen.

»Trau dich!«, sprach ich ihm gut zu und blickte dabei aus dem Fenster hinüber zu Ryans Zimmer.

Doch der schien noch zu schlafen. Zumindest streckte er bei meinen Worten nicht gleich seinen Kopf heraus, um mir mal wieder in das Gespräch mit Chap hineinzufallen und zu stören.

Als könnte mich der kleine Kerl verstehen, balancierte er auf dem Ast bis zu mir und sprang sodann auf meine Fensterbank.

»Hallo, Kleiner! Kann ich dir irgendwie behilflich sein?«, fragte ich ihn freundlich. »Bestimmt kann ich auch dir ein paar Tanzschritte beibringen, wenn du willst.«

Doch schon im nächsten Moment war er in meinem Zimmer gelandet und hielt geradewegs auf meinen Nachttisch zu. Dort schnappte er sich meinen Bleistift und war so schnell wieder durchs Fenster hinaus, dass ich gar nicht verstand, was hier gerade passierte.

»He, du! Was sollte das?«, blaffte ich ihn an.

»Hat er dir gerade den Stift gestohlen?«, meldete sich just in diesem Augenblick Ryan nebenan zu Wort.

Ganz so, als hätte er nur auf diesen Moment gewartet.

»Ja, hat er«, gab ich zähneknirschend zu.

Jetzt lachte Ryan.

»Bei mir war er gestern auch schon auf Beutetour«, offenbarte er mir schließlich.

»Und dann warnst du mich nicht vor?«, hakte ich nach.

»Na ja, ich hatte es wohl irgendwie … verdrängt. Außerdem dachte ich, er hätte mich nur beklaut, um mich dafür zu bestrafen, dass ich ihn nach deiner Aussage als Snack verspeisen wollte.«

Ryan war mal wieder schrecklich nachtragend.

»Apropos Snack, ich werde jetzt mein Fenster schließen und zum Frühstück hinuntergehen.«

»Da wollte ich auch gerade hin«, offenbarte mir Ryan lächelnd. »Wir könnten zusammen gehen und uns einen Tisch teilen.«

Warum war er denn plötzlich so nett zu mir?

»Was genau führst du im Schilde?«

Ryan machte ein verdutztes Gesicht und lachte dann viel zu laut auf.

»Ich? Gar nichts. Ich dachte nur, im Hinblick auf den heutigen Tanzkurs wäre es vielleicht ganz gut, wenn wir uns … normal miteinander verhalten würden.«

»Normal?«, wiederholte ich ungläubig.

»Du weißt schon. Weniger miteinander streiten und so.«

»Ach ja? An wem liegt es denn, dass wir uns ständig in die Haare kriegen? Vielleicht an mir?«

»Auch«, erwiderte Ryan mit Nachdruck.

»Was …?«

»Lass uns einfach frühstücken gehen!«, blieb Ryan beharrlich.

»Das ist doch …! Na gut, von mir aus«, blaffte ich ihn an, schloss das Fenster und atmete drei-, viermal tief durch, ehe ich mich gewappnet genug fühlte, Ryan zum Frühstück zu begleiten.

»Das Ei ist perfekt. Ich habe schon lange kein so gut gekochtes Ei mehr gegessen«, kam Ryan regelrecht ins Schwärmen.

»Das freut mich zu hören.«

Eine alte Frau mit schlohweißem, leicht welligem Haar, blau-wässrigen Augen und einer geblümten Kittelschürze stand neben unserem Tisch.

»Oh, ich habe mich Ihnen noch gar nicht vorgestellt, befürchte ich«, wandte sie sich an mich. »Mein Name ist Leonore, und ich bin für das leibliche Wohl der Gäste zuständig.«

»Das gelingt Ihnen ganz wunderbar. Das Porridge ist ein Gedicht«, lobte ich ein wenig zu überschwänglich, aber es schmeckte mir wahrlich ganz ausgezeichnet.

»Das freut mich zu hören.« Lächelnd schenkte mir Leonore Tee in meine Tasse nach, ehe sie sich den anderen Gästen zuwandte.

»Ich habe mir überlegt, heute Abend einen Junggesellenabschied für Frederic zu veranstalten«, offenbarte mir Ryan und sah mich dabei erwartungsvoll an.

»Frederic will keinen Junggesellenabschied«, klärte ich ihn auf.

Ryan seufzte.

»Ja, das weiß ich auch. Er hat es mir annähernd ein dutzend Mal gesagt. Aber ich dachte mir, es wäre vielleicht doch ganz gut. Schließlich ist Frederic aktuell ein wenig …«

»… von der Rolle«, ergänzte ich seinen Satz.

»So könnte man es auch ausdrücken«, bestätigte Ryan und grinste verschwörerisch dabei.

»Gut, dann macht ihr beiden eben einen Junggesellenabschied im hiesigen Pub. Wenn es denn einen gibt.«

Bei meinen Worten blickte Ryan niedergeschlagen auf seinen Teller.

»Es gibt keinen Pub«, riet ich, während ich mein Ei köpfte.

»Du hast es erfasst.«

»Und jetzt soll ich euch beide heute Abend durch die Gegend kutschieren und mich in die Gesellschaft zweier sturzbesoffener Kerle begeben?«, hakte ich nach.

»Korrekt.«

»Das ist nicht dein Ernst«, blaffte ich ihn an.

»Mein voller. Aber denk dran: Du tust das für Frederic und nicht für mich«, säuselte Ryan und versuchte mich auf diese Weise von seinen guten Absichten zu überzeugen.

»Du bist wohl in deiner Kindheit das ein oder andere Mal recht unglücklich vom Wickeltisch gefallen. Hm?«

Ryan lachte und schob sich dann eine voll beladene Gabel Rührei und Speck in den Mund.

»Wie du meinst.« Dann sah er mir fest in die Augen. »Fährst du uns?«

»Rational betrachtet: Bleibt mir denn eine andere Wahl?«, stellte ich ihm eine Gegenfrage.

»Nicht wirklich, nein.«

»Dann hätten wir das ja auch geklärt«, murrte ich.

Ob ich in den kommenden Tagen noch ein weiteres Mal gemeinsam mit Ryan zum Frühstück gehen würde, musste ich mir gut überlegen. Der Mann war imstande, mir um diese frühe Tageszeit eine Lebensversicherung anzudrehen, und ich würde es erst gegen Mittag kapieren. Also gesetzt den Fall, er würde Lebensversicherungen verkaufen.

Vielleicht tat er das sogar. Wie gut kannte ich Ryan überhaupt? Bis gestern Abend wusste ich nicht einmal, dass er eine Freundin hatte. Frederic schien von den Neuigkeiten ebenfalls überrascht. Offenbar hatte Ryan sich seinem besten Freund noch gar nicht anvertraut. Was äußerst merkwürdig war. Schließlich erzählten sich die beiden alles. Brühwarm. Und ungefiltert.

»Was den Tanzkurs anbelangt«, hob er abermals an, und ich ließ den Löffel, mit dem ich soeben mein Ei gelöffelt hatte, laut scheppernd auf den Teller fallen.

Die übrigen Gäste blickten sich zu uns um, doch ich hielt den Blickkontakt mit Ryan, blinzelte nicht einmal dabei.

»Ja?«

»Ich finde nur, wir sollten das einfach durchziehen und fertig. Es ist nichts dabei. Wir sind zwei erwachsene Menschen, die ein paar Schrittfolgen miteinander einüben werden«, stellte Ryan fest, hob dabei die Hände in die Höhe und zuckte merkwürdig mit den Schultern.

»Warum wirkst du dann so aufgeregt?«, fragte ich unverwandt, da er mir nichts vormachen konnte.

»Ich bin doch nicht aufgeregt«, erwiderte er und blies dabei die Backen wie ein Fisch auf.

»Nein?«

»Überhaupt nicht. Ich meine, wir kennen uns schließlich schon eine Ewigkeit. Klar, das mit dem Tanzen ist jetzt nicht unbedingt meine Stärke. Aber wir machen einfach das Beste daraus. Okay?«

»Was so viel heißt, dass ich deinen Tretern ausweichen muss, weil du kein Taktgefühl besitzt«, fasste ich kurz und bündig zusammen.

»Ich sehe, du kennst mich ziemlich gut.«

Das Lächeln, das Ryan mir schenkte, wirkte nicht ganz so selbstbewusst wie sonst.

»Hast du mit Naomi denn schon mal getanzt?«

Keine Ahnung, woher der Impuls kam, ihn ausgerechnet jetzt auf seine Freundin anzusprechen. Aber ich musste von ihm selbst hören, dass es diese Frau gab. Er musste es mir sagen. Vielleicht würde ich dann endlich zur Vernunft kommen und mich nicht mehr zu einem Mann hingezogen fühlen, der ohnehin vergeben war.

»Nein«, wehrte Ryan vehement ab, während sich sein Gesicht verdüsterte.

Offenbar wollte er nicht auf seine Beziehung angesprochen werden.

»Ich denke, ich werde jetzt eine Runde joggen gehen«, erklärte Ryan und erhob sich abrupt von seinem Platz.

»Aber dein Teller …«, hob ich an.

»Ich bin satt«, behauptete Ryan und war so schnell zur Tür hinaus, dass ich mich ernsthaft fragte, womit ich ihn so schnell in die Flucht geschlagen hatte.

Man konnte schließlich nie wissen, wofür dieses Wissen einmal gut sein würde.

Kapitel 8

Ryan

»Der langsame Walzer, auch Englischer Walzer genannt, ist ein Standardtanz, der unerlässlich ist. Wenn man keinen langsamen Walzer tanzen kann, dann kann man überhaupt nicht tanzen. So einfach ist das«, fasste Mrs Hazelwood für uns zusammen, während mir der Schweiß auf der Stirn ausbrach.

Nicht wegen des Tanzes. Den würde ich trotz meiner beiden linken Füße irgendwie meistern. Zumindest hoffte ich das inständig. Nein, vielmehr behagte mir die Tatsache nach wie vor nicht, Hailey bei dem ganzen Getanze berühren zu müssen. Daran würde schlichtweg kein Weg vorbeiführen. Zugleich würden wir uns dabei so nahe kommen wie noch nie zuvor. Ich war mir nicht sicher, ob ich das Spektakel unbeschadet überstehen würde.

»Ryan, Sie machen zuerst mit Ihrem rechten Fuß einen Schritt geradeaus. Danach folgt mit dem linken Fuße ein diagonaler Schritt nach vorne. Zum Schluss wird der rechte Fuß seitlich daneben gezogen. So weit verständlich?«

Mrs Hazelwood war eine strenge Lehrmeisterin, dennoch zeichneten ihre vielen Fältchen um Augen und Mund sie als eine humorvolle Person aus. Doch mit Hailey und mir hatte sie kein Erbarmen.

»Und Sie, Hailey, müssen …«, hob Mrs Hazelwood an.

»Ich hatte mit sechzehn schon einen Tanzkurs«, meinte diese sogleich und lächelte unsere Lehrerin freundlich an.

Dabei entging mir nicht, dass sie sich mir überlegen fühlte, als sie mir das nächste Mal direkt in die Augen sah.

Mein Herz schlug mir bis zum Hals, während ich versuchte, mich nach außen hin ruhig und gelassen zu geben. Irgendwie musste ich das doch schaffen. Am besten, ich stellte mir einfach vor, mir gegenüber stünde gar nicht Hailey, sondern Naomi, meine Fake-Freundin.

»Sie machen so ein betrübtes Gesicht, Ryan. Soll ich Ihnen die Schritte noch ein weiteres Mal zeigen?«, fragte unsere Tanzlehrerin mich mit besorgter Miene.

Sicher wusste sie bereits, bevor ich den ersten Schritt gemacht hatte, dass ich zwei linke Füße hatte.

»Nein, nein, das schaffe ich schon«, behauptete ich und vollführte sogleich die Schrittfolge.

»Na, das sieht schon ziemlich gut aus. Jetzt wäre es nur noch ratsam, Sie würden mit Ihrer Partnerin gemeinsam tanzen.«

Mrs Hazelwood lachte mich aufmunternd an, als spürte sie mein Unbehagen.

Nun war der Moment also gekommen. Schon gleich würden Haileys und meine Hände sich berühren, und ich hatte keine Chance, mich dem ganzen Prozedere zu widersetzen.

Zumindest nicht, ohne mich erklären zu müssen. Und das wollte ich ganz bestimmt nicht.

Also fügte ich mich in mein Schicksal und fokussierte mich auf die Aufgabe. Dabei gaukelte ich mir selbst Gelassenheit vor und legte meine rechte Hand auf Haileys Schulterblatt, während ich mit meiner linken nach ihrer Hand griff.

So standen wir uns nun nur wenige Zentimeter entfernt gegenüber, sahen uns fest in die Augen, während ich Haileys warmen Atem auf meiner Haut spüren konnte. Die Berührung unserer Hände fühlte sich so richtig und gleichzeitig furchtbar falsch an. Ich wollte meine Hand wieder zurückziehen, da ich das Gefühl hatte, mich an Hailey zu verbrennen.

Doch da legte Mrs Hazelwood eine Schallplatte auf einen antik anmutenden Plattenspieler. Ich befürchtete bereits, sie würde ihn per Hand ankurbeln müssen, da startete die Melodie des langsamen Walzers.

Ein letztes Mal atmete ich tief durch, ehe sich meine Füße wie von selbst in Bewegung setzten. Am Anfang noch etwas steif und überlegt, wurde ich mit jeder weiteren Schrittabfolge geübter und lockerer.

»Aua!«

Bis ich Hailey auf den Fuß trat.

»Das tut mir schrecklich leid, Hailey. Entschuldige, bitte!«

»Ist schon okay. Lass uns weitermachen!« Sie klang, als würde sie die ganze Veranstaltung möglichst schnell hinter sich bringen wollen.

Als unsere Hände sich nun abermals berührten, ging ein kleiner Stromstoß von der Stelle aus durch meinen ganzen Körper. Ich verspürte ein Kribbeln in einer ganz bestimmten Region und konnte kaum noch klar denken.

Was machte diese Frau nur mit mir? Warum hatte sie eine solche Wirkung auf mich? Egal, was ich tat, ich konnte mich ihr einfach nicht entziehen. Auch wenn sie Tausende Meilen von mir entfernt war, musste ich an sie denken. Als hätte sie sich wie ein Parasit in meinen Gedanken eingenistet. Nur schöner.

»Können wir dann?«

Hailey wirkte gereizt, da ich nach wie vor dumm dastand und keine Anstalten machte, den Tanz wieder aufzunehmen.

»Ja, klar«, erwiderte ich schnell und stellte mich in die entsprechende Position.

Abermals setzte ich meine Füße nach den Anweisungen von Mrs Hazelwood, nur mit dem Unterschied, dass ich jetzt besser darauf achtete, Hailey nicht zu verletzen. Solange ich mich auf die Tätigkeit konzentrierte, konnte ich zumindest zeitweise ausblenden, dass es Hailey war, mit der ich da gerade tanzte.

»Sehr schön, sehr schön. Ich finde, das reicht für den Moment. Das Tanzen muss sich auch kognitiv setzen. Wir wollen Sie nicht gleich zu Beginn überfordern, Ryan«, meinte Mrs Hazelwood, woraufhin Hailey albern kicherte.

»Also ich könnte noch eine Runde«, erwiderte ich selbstsicher mit vor Stolz geschwellter Brust.

Schließlich hatte ich mich um einiges besser geschlagen, als ich vor dem Termin noch geglaubt hatte. Sicher war es eine gute Idee gewesen, vorher eine ausgiebige Runde joggen zu gehen. Auf diese Weise hatte ich mich zumindest schon mal ordentlich ausgepowert und war ein wenig auf andere Gedanken gekommen.

»Nein, nein, für den Moment ist das genug. Wir sehen uns morgen zu einer nächsten Runde. Dann mit dem leidenschaftlichen Tango.«

Mit diesen Worten entließ uns Mrs Hazelwood aus ihrem Tanzstudio, während ich mir der Tatsache bewusst wurde, Hailey morgen noch näher kommen zu müssen.

Worauf hatte ich mich da bloß eingelassen?

»Können wir dann los?«, fragte Hailey genervt.

Offenbar hatte sie mich schon einmal aufgefordert, aufzubrechen. Dummerweise hing ich so dermaßen in meinen eigenen Gedanken fest, dass ich alles um mich herum ausgeblendet hatte. Darin war ich ein echter Meister. Denn dann bekam ich nichts von dem mit, was um mich herum geschah.

»Klar. Ich warte nur auf dich«, erwiderte ich und erntete dafür ein aufgebrachtes Schnauben, ehe Hailey auf dem Absatz kehrtmachte und in Richtung Ausgang lief.

Die Fahrt zurück zum Cottage verlief mehr oder minder still. Jeder von uns hing seinen eigenen Gedanken nach. Wobei ich mich darum bemühte, meine Gedanken ganz abzuschalten, indem ich stupide nach draußen blickte, um die Umgebung wahrzunehmen.

Bis auf weidende Schafe, andere Verkehrsteilnehmer und vereinzelte Bäume war mir dabei jedoch nicht viel untergekommen. Ein wenig langweilig war das Ganze jedenfalls. Und dennoch konnte ich nach diesem intimen Moment mit Hailey beim Tanzen nicht einfach so mit ihr reden. Das wäre … ein Sakrileg.

»Wann wolltet ihr heute Abend los?«, fragte Hailey mich, kurz bevor wir an unserem Ziel ankamen.

»Hm?«

»Na, zu dem Junggesellenabend, zu dem ich euch fahren soll«, rief mir Hailey in Erinnerung.

»Sorry, ich war mit den Gedanken gerade woanders«, entschuldigte ich mich.

»Das dachte ich mir auch gerade. Sicher bei deiner Freundin.«

»So gegen achtzehn Uhr wäre gut, denke ich. Ich frage Frederic gleich, ob ihm das passt. Dann können wir drei im Pub auch noch zusammen etwas essen.«

Hailey zuckte mit den Schultern.

»Ja, das können wir machen. Irgendwas essen solltet ihr Jungs auf jeden Fall, wenn ihr den Abend unbeschadet überstehen wollt. Ach«, sie hob mahnend den Zeigefinger, »falls ich auch nur den Hauch eines Verdachts haben sollte, einer von euch könnte mir in meinen Mietwagen kotzen, bleibt er im Pub zurück. Das sollte euch klar sein. Und ich werde in dieser Hinsicht keine Ausnahmen machen.«

»Wir sind zwei erwachsene Männer. Wir wissen, wie viel wir vertragen.«

Kaum dass ich meinen Satz beendet hatte, begann Hailey schallend zu lachen.

»Genau, und mein Name ist Dornröschen.«

»Wusste ich es doch schon immer!«

»Was?«

»Na, dass dein Name Dornröschen ist. Nur bei dir hängen die Dornen nicht in der Hecke, sondern es sind deine Worte, die stechen.«

»Boah, Ryan, du kannst es einfach nicht lassen.«

Hailey funkelte mich von der Seite an, nachdem sie den Wagen auf dem Parkplatz vor dem B&B am Clachtoll Beach zum Stehen gebracht hatte.

»Du hast doch angefangen«, setzte ich mich zur Wehr.

Hailey schloss die Augen für einen Moment, öffnete sie dann wieder, nachdem sie mehrmals ruhig ein- und wieder ausgeatmet hatte, und sah mich dann direkt an. Regelrecht durchdringend fühlte sich ihr Blick an.

»Ich würde vorschlagen, dass wir uns jetzt eine Weile aus dem Weg gehen, bis wir Frederic später abholen«, meinte Hailey mit betont beherrschter Stimme.

Ich zuckte zunächst mit den Schultern.

»Von mir aus. Ich wollte mich ohnehin kurz aufs Ohr legen.«

Hailey lächelte zufrieden, ehe wir beide ausstiegen und jeder von uns seiner Wege ging.

Kapitel 9

Hailey

»Weißt du noch, wie du Hailey mit der Wasserbombe mitten im Gesicht getroffen hast? Ich werde nie vergessen, wie verdattert sie dreingeschaut hat. Und das Gezeter, das danach gefolgt ist, kann ich heute noch hören, als hätte es sich in mein Trommelfell eingebrannt.«

Frederic schlug auf den Tisch und lachte, als gäbe es nichts Lustigeres, als sich auf meine Kosten zu erheitern.

»Hey, ich bin anwesend, du Pappnase von einem Bruder«, beschwerte ich mich.

Drauf sahen sich Ryan und Frederic amüsiert an und lachten nur noch lauter.

Spätestens nach dem dritten Stout hätte ich der Kellnerin des *The Rose & Crown* signalisieren müssen, dass sie den beiden nichts mehr bringen sollte. Denn entgegen der Behauptung von Ryan hatten sich die beiden null Komma gar nicht im Griff. So überhaupt nicht. Sie schienen nicht einmal ansatzweise zu wissen, wie viel sie vertrugen. Und wenn ich mir die beiden so ansah, dann war es ihnen auch herzlich egal.

»Ups!« Frederic machte ein Gesicht wie früher, wenn er beim Versteckspiel entdeckt worden war, nur um im nächsten Moment abermals herzlich aufzulachen.

Das konnte heiter werden. Vor allem, da wir erst seit knapp einer Stunde hier im Pub waren. Zu meinem Leidwesen war der Abend noch verdammt jung. Und wie ich den angeheiterten Ryan und meinen angeheiterten Bruder so einschätzte, verspürten die beiden noch lange nicht den Wunsch, wieder nach Hause zu fahren.

»Ich geh mir mal die Nase pudern«, behauptete ich, erhob mich von meinem Platz und ging in Richtung der Toiletten.

Der Pub war inzwischen über die Hälfte gefüllt. Als wir ankamen, waren wir noch mehr oder minder allein gewesen. Suchend blickte ich mich um, als müsste ich jemanden hier kennen. Dabei war ich nie zuvor in dieser Gegend gewesen.

Nachdem ich mir auf der Toilette die Hände gewaschen hatte, blickte ich mich einen Moment zu lange im Spiegel an und ging währenddessen im Kopf meine Alternativen durch.

Wenn ich zurück zum Cottage fuhr, würde ich mich später noch einmal auf den Weg zum Pub machen müssen. Da dieser nicht unbedingt um die Ecke lag, verwarf ich diesen Gedanken schnell wieder.

Es würde mir wohl oder übel nichts anderes übrig bleiben, als hierzubleiben, bis die beiden nach Hause wollten. Und das konnte dauern. Mein Bruder hatte schon früher nicht gewusst, wann es gut für ihn war, zu gehen. Möglicherweise hatte er sich deshalb so vehement gegen den Junggesellenabschied gewehrt.

Aber das war nun unerheblich. Schließlich waren wir bereits da und die Jungs in fatal bierseliger Laune. Seufzend blickte ich mich im Spiegel an, während ich mir eine meiner blonden Strähnen, die in der Zwischenzeit ein Eigenleben entwickelt hatte, wieder dorthin legte, wo sie hingehörte.

»Du siehst aus, als könntest du einen Drink vertragen«, wandte sich eine Frau in meinem Alter direkt an mein Spiegelbild.

»Am besten gleich mehrere«, bestätigte ich ihr.

»Worauf wartest du dann noch?«, sprach sie mir Mut zu.

»Ich bin die Fahrerin beim Junggesellenabschied meines Bruders«, erklärte ich ihr, woraufhin sie mich bedauernd ansah.

»Mist!«

»Ja, schöner Mist. Ich hätte Nein sagen sollen, als sie mich gefragt haben. Aber er ist mein einziger Bruder. Und er heiratet demnächst«, offenbarte ich der mir gänzlich unbekannten Frau äußerst bereitwillig.

Aber irgendwie hatte ich das Bedürfnis, mir meinen Kummer mal von der Seele zu reden. Und da kam mir so eine Person, die ich nicht näher kannte, gerade recht.

»Sind das die beiden, die sich draußen bis auf die Boxershorts ausgezogen haben und Karaoke singen wollen?«

»Was?«, rief ich verdattert und wollte schon zur Tür hinaus.

Konnte man die beiden etwa nicht mal für fünf Minuten aus den Augen lassen? Was hatten sie nur jetzt wieder angestellt? Es war zum Mäusemelken.

»Warte! Das war doch nur ein Scherz. Sorry!« Erschrocken sah die Frau mich an.

»Die beiden sind also noch in voller Montur und niemand ruft wegen ihnen die Polizei?«

Jetzt lachte die Frau mit den kurzen schwarzen Haaren und den großen goldenen Creolen im Ohr verschmitzt auf.

»Soweit ich das beurteilen kann, hat sich bisher noch niemand im Pub ausgezogen.«

Die Situation war so absurd, dass wir beide lachten.

»Wenn du möchtest, kannst du dich gerne zu uns an den Tisch setzen. Adam und Grumpy spielen eine Runde Schach. Der Rest unterhält sich gediegen.«

»Das ist total nett von dir, aber ich befürchte, ich sollte Ryan und meinen Bruder besser nicht allein lassen, sonst kommen die beiden noch auf ganz abwegige Ideen und ziehen schneller blank, als mir lieb ist.«

»Wenn du doch mal einen Rückzugsort brauchst, orientiere dich am Schachbrett, dann findest du uns ganz einfach«, erklärte sie mir augenzwinkernd.

Es hatte fast schon etwas Verschwörerisches an sich, dieses Abkommen hier in der Toilette zu schließen. Dennoch fand ich es sehr verständnisvoll von ihr. Schließlich war ich für sie eine vollkommen Fremde, dennoch bot sie mir ihre Unterstützung an.

»Das ist wirklich nett von dir …«

»Ava. Mein Name ist Ava.«

»Schön, dich kennenzulernen. Ich heiße Hailey.«

Mit einem »Man sieht sich« verabschiedete sich Ava in die nächste Kabine, während ich die Flucht nach vorn antrat.

So schlimm würde es schon nicht werden. Die beiden waren im Grunde total vernünftige Typen. Und das würden sie wegen ein bisschen Alkohol so schnell nicht vergessen. Davon war ich überzeugt.

Zumindest bis zu dem Zeitpunkt, als ich zurück am Tisch war und die vernunftbegabten Männer, wie ich sie in Gedanken gerade bezeichnet hatte, jeder einen Kronkorken auf der Nase balancierten. Stehend. Und dabei wurden sie von den Gästen an den übrigen Tischen angefeuert.

Bei dem Anblick des Spektakels hätte ich am liebsten die Flucht ergriffen und die beiden ihrem Schicksal überlassen. Aber ich würde es mir nie verzeihen, wenn meinem Bruder etwas zustoßen oder die Hochzeit in irgendeiner Form gefährdet würde.

Ryan und Frederic eierten mit weit ausgebreiteten Armen herum, als würden sie gerade einen Tanz eines indigenen Stammes aufführen. Fehlte nur noch die passende Bekleidung. Im Moment war ich jedoch sehr dankbar dafür, dass sie überhaupt etwas am Leib trugen. Wie lange das noch der

Fall sein würde, blieb abzuwarten. Denn Ryan hatte bereits das Hemd um ein paar Knöpfe geöffnet und seine Ärmel umgekrempelt.

Unentschlossen stand ich einige Meter von unserem Tisch entfernt und überlegte, was ich nun tun sollte. Vielleicht war es ja doch gar keine schlechte Idee, erst mal zu den Schachleuten zu gehen. Die Gruppe saß an dem Tisch schräg gegenüber von dem meiner feiernden Begleiter, sodass ich ihn gut im Blick behalten konnte und mich nicht outen musste, zu meinem Bruder und Ryan zu gehören.

Denn auch wenn ich meinen Bruder über alles liebte, war es mir fast ein wenig peinlich, an ihren Tisch zurückzukehren. Allerdings wollte ich ihnen auch nicht den Spaß verderben. Schließlich war das hier Frederics Junggesellenabschied und damit eine einmalige Sache.

»Hey, Hailey, komm zu uns!«

Dummerweise hatte mein sturzbetrunkener Bruder mich just in diesem Augenblick erblickt und zog mit seinen winkenden Bewegungen in meine Richtung die Aufmerksamkeit des kompletten Pubs auf mich.

So hatte ich mir das ganz und gar nicht vorgestellt, als ich zugesagt hatte, Ryan und ihn hierher zu fahren. Nie im Leben hätte ich erwartet, dass die beiden schon knapp nach eineinhalb Stunden im Pub kaum wiederzuerkennen waren.

Noch ehe ich an den Schachbrett-Tisch flüchten konnte, kam Frederic auf mich zu geschwankt und zog mich mit sich zu meinem Platz. Am liebsten wäre ich im Boden versunken, als Ryan und Frederic grölend und lachend um mich herumtanzten.

»Komm schon, Hailey! Sei kein Snob!«, provozierte mich Ryan.

»Ich bin ganz sicher kein Snob, Ryan. Aber ich bin auch nicht so sturzbesoffen wie ihr, weil ich die Fahrerin des Abends bin, falls du das vergessen haben solltest«, blaffte ich ihn ungehalten an.

Aber seine arrogante, herablassende Art machte mich ganz kirre. Was glaubte der Kerl eigentlich, wer er war?

Wütend schoss ich ein paar Feuerblitze aus meinen Augen in seine Richtung ab. Leider verfehlten sie ihr Ziel, da Ryan, der vorhin bei unserer ersten Tanzstunde noch ziemlich verkrampft gewirkt hatte, inzwischen einen Hüftschwung draufhatte, der Shakira vor Neid erblassen ließ.

»Sei keine Spaßverderberin! Komm!«, forderte mich nun auch Frederic auf, mich von meinem Platz zu erheben und mit ihnen zu der Musik zu tanzen, die eine Live-Band zum Besten gab, die vor wenigen Minuten erst angefangen hatte zu spielen.

Doch schon war der halbe Pub auf den Beinen. Die andere Hälfte aß noch. Oder hatte wie ich keine Lust zu tanzen.

Die Musik war gar nicht mal so schlecht. Sie spielten einen wilden Mix aus John Bon Jovi, Queen und Ed Sheeran. An und für sich etwas gewöhnungsbedürftig, aber irgendwie passte es ganz gut zu dem Ort und der Stimmung, die im *The Rose & Crown* vorherrschte.

Sehnsüchtig blickte ich nach drüben an den Schach-Tisch, wo inzwischen allerdings auch keiner mehr auf seinem Stuhl saß und Schach spielte. Die Verräter hatten sich ebenfalls erhoben und schwangen das Tanzbein.

Wenn ich mich so umsah, dann war ich die Einzige, die nach wie vor auf ihrem Platz saß, vermutlich ihre griesgrämige Miene zur Schau stellte und einen enormen Widerwillen verspürte, sich ebenfalls zu erheben und sich von der guten Laune der anderen Gäste anstecken zu lassen.

»Hailey! Hailey! Hailey!«, stimmte mein Bruder aus dem Nichts an.

Und die anderen Pub-Besucher stimmten sogleich mit ein, bis mir nichts anderes übrig blieb, als mich ebenfalls ins Getümmel zu stürzen.

Mit einem »Ach, scheiß drauf!« stand ich auf, schob den Stuhl beiseite und ließ mich von der Partylaune der feiernden Gäste anstecken.

Am Anfang fiel es mir noch ein wenig schwer, mich auf Knopfdruck ganz ausgelassen zu geben. Schließlich war es eine halbe Ewigkeit her, dass ich das letzte Mal feiern war.

In New York hatte ich zwar sehr nette Kollegen, mit denen ich abends auch mal ein Bier trinken ging, aber so richtig ausgegangen war ich bisher noch nicht mit ihnen. Die meisten hatten schon Familie oder andere Verpflichtungen, die sie von einer ausgelassenen Partynacht in einem Club abhielten. Oder aber die Arbeit ließ es schlicht und ergreifend nicht zu.

So gesehen war meine Zeit in New York in jobtechnischer Hinsicht zwar ein echter Gewinn. Was mein Privatleben anbelangte, lag dieses jedoch seit knapp vierundzwanzig Monaten auf Eis.

Dabei hatte Tante Adelaide bei meiner Abreise noch gescherzt, dass ich sicher gleich nach der Ankunft in den Staaten einen hübschen Amerikaner kennenlernen und ihn vom Fleck weg heiraten würde. Spätestens dann würde sie endlich nach New York kommen, hatte sie mir versichert.

Tja, und nun stand ich mit meinem Bruder und seinem Trauzeugen in einem Pub in Schottland und sollte mich ins Getümmel stürzen.

Je mehr ich auf die Band achtete und sonst alles um mich herum ausblendete, desto lockerer wurde ich. Es ging sogar so weit, dass ich echt Spaß dabei hatte und nicht länger das Bedürfnis verspürte, meine Sachen zu packen und schnellstmöglich von hier zu verschwinden.

»Gar nicht mal so schlecht hier. Oder?«

Ryan hatte sich neben mich getanzt und schien keine Gelegenheit verstreichen lassen zu wollen, mir auf die Nerven zu gehen.

Was hatte ich ihm bloß je getan, dass er mich nicht einfach mal in Ruhe lassen konnte?

»Wenn du nicht hier wärst, könnte ich den Abend richtiggehend genießen«, schoss ich unvermittelt einen funkelnden Blitz in seine Richtung ab.

Zur Antwort lächelte Ryan nur frech.

Es schien ihm überhaupt nichts auszumachen, dass ich ihm gerade auf den Kopf zugesagt hatte, ohne ihn mehr Spaß zu haben.

Es machte sogar den Eindruck, als prallten meine Worte an ihm wie an einem Panzer ab. Als gäbe es gerade nichts, was ich sagen oder tun konnte, um ihn aus der Reserve zu locken.

Die Tatsache machte mich nur umso wütender. Und genervter.

Ich wollte mich schon auf meinen Platz zurückretten oder bei den Schachspielern Unterschlupf suchen, als ich eine Hand in meinem Rücken verspürte. Als ich erkannte, dass sie zu Ryan gehörte, wollte ich mich im ersten Moment von ihm losmachen.

Unsere Blicke trafen sich, verfingen sich ineinander. Für einen Augenblick machte es den Anschein, als wären Ryan und ich die einzigen Personen auf der Tanzfläche. Die Musik spielte zwar nach wie vor, drang jedoch immer weiter in den Hintergrund, sodass ich nur noch einen brummenden melodischen Laut vernehmen konnte.

Die Welt um uns herum schien sich weiterzudrehen, während wir beide uns so tief in die Augen sahen, dass mir dabei ganz schwindelig wurde. Ich wusste, dass ich alles daransetzen musste, mich aus dieser Verbindung zu lösen. Doch je länger ich Ryan in die Augen sah, desto aussichtsloser wurde das Vorhaben. Mein unbedingter Wille verlor sich wie Muscheln im Sand.

Während meine wehrhafte Fassade bröckelte, fing mein Herz immer schneller zu schlagen an. Das Blut rauschte so laut durch meinen Körper, dass ich es in meinen Ohren hören konnte. Gleichzeitig hatte ich das Gefühl, dass meine und Ryans Lippen wie magnetisch voneinander angezogen wurden. Der Sogwirkung, die sich daraufhin entwickelte, konnte ich kaum noch widerstehen.

»Hey, ihr beiden! Was macht ihr denn da? Warum tanzt ihr denn nicht? Das ist doch unser Lied. Könnt ihr euch noch erinnern, wie wir das immer bei Mums Karaoke-Nachmittagen zum Besten gegeben haben? Wir waren der Hit, Leute! So was von.«

Frederic wirkte vollkommen gelöst und so locker, wie ich ihn schon eine ganze Weile nicht erlebt hatte. Einerseits freute ich mich riesig für meinen Bruder. Doch andererseits ärgerte ich mich darüber, wie ausgelassen er hier ohne Rücksicht auf Verluste feierte, während mein Herz drohte, jeden Augenblick den Dienst zu quittieren.

»We are the Champions von *Queen* ist einer der Songs, den ich auch sturzbesoffen noch perfekt performen kann«, behauptete Ryan mit dem Brustton der Überzeugung und ließ dabei, was noch viel schlimmer war, seine Hand von meinem Rücken gleiten.

Schon im nächsten Moment strömten Ryan und Frederic durch die Menge zu der Band, bekamen nach einigem Hin und Her je ein Mikro in die Hand gedrückt und sangen aus vollem Hals. Für einen kurzen Augenblick waren die beiden wieder zwölf und standen bei uns im Wohnzimmer auf der provisorischen Bühne, die mein Dad jedes Mal verfluchte, wenn Mum ihn dazu verdonnerte, sie aufs Neue aufzubauen.

Lächelnd sah ich zu den beiden Jungs nach vorn, die inzwischen Männer geworden waren und dennoch nach wie vor nichts als Unfug im Kopf hatten.

»Die sind gut«, meinte Ava, die sich einen Weg zu mir gebahnt hatte.

»Ja, das kann man nicht anders sagen«, bestätigte ich ihr.

»Und ich glaube, sie wollen, dass du zu ihnen kommst.«

Tatsächlich! Nun bemerkte auch ich, dass sie wie wild in meine Richtung gestikulierten und mich aufforderten, zu ihnen auf die Bühne zu kommen. Ich zögerte einen Moment. Doch Ava gab mir den entscheidenden Schubs, sodass mir die Entscheidung genommen wurde.

Als wir zu dritt vorn bei der Band standen und gemeinsam We are the Champions sangen, kam ich nicht umhin, mich darüber zu freuen. Denn früher hatte ich nie bei den Jungs dabeistehen dürfen, wenn sie ihre Karaoke-Einlage zum

Besten gaben. Damals war ich ihnen zu klein gewesen, noch ein Baby, mit dem sie sich nicht abgeben wollten.

Während wir zu dritt in die Mikros sangen, tat es uns der ganze Pub gleich. Es war eine unbeschreibliche Stimmung, nur vergleichbar mit einer gewonnenen Weltmeisterschaft im Fußball.

Für diesen Abend machte es keinen Unterschied, ob wir uns alle kannten oder nicht. Wir genossen den Augenblick. Der war alles, was zählte. Auch wenn ich dieses merkwürdige Ziehen in meiner Magengegend nach wie vor deutlich verspürte, besonders wenn ich wie ein verliebter Teenager von der Seite einen verstohlenen Blick in Ryans Richtung warf.

»Das war … unglaublich«, fasste mein Bruder nach unserem Auftritt in Worte, was soeben passiert war.

Übermütig klopften uns die Leute auf die Schultern, feierten dann ausgelassen zum nächsten Partyhit, während ich noch ganz benommen von den Ereignissen war.

»Du bist ja doch kein Snob«, stellte Ryan großspurig fest und grinste dabei dämlich.

»Hailey ist die beste Schwester, die man sich nur wünschen kann«, lallte Frederic, während er mir um den Hals fiel und sich augenblicklich wild mit mir drehte.

Mir wurde es dabei so schwindelig, dass ich mich beinahe übergeben musste.

Frederic kam dabei nicht so glimpflich davon. Schon im nächsten Augenblick stürmte er nach draußen.

»Was hat der denn?«, hakte Ryan mit verwunderter Miene nach.

»Ich würde mal behaupten, er hat einen über den Durst getrunken«, half ich ihm auf die Sprünge.

»Frederic? Nie im Leben. Der hat noch nie zu viel getrunken. Das weiß ich ganz sicher, weil er sonst immer derjenige ist, der auf mich aufpasst, wenn wir unterwegs sind. Du musst dich also irren.«

Ryan sagte das mit einer solchen Überzeugung in der Stimme, dass ich es nicht wagte, ihm zu widersprechen. Allerdings hatte ich Augen im Kopf. Augen, die nicht vom Alkohol die rosarote Brille aufgesetzt bekommen hatten.

»Ich denke, ich werde trotzdem mal nach ihm sehen«, sagte ich nur und ging an Ryan vorbei hinaus an die frische Luft.

Das tat gut! Der erste Atemzug der frischen Nachtluft brannte ein wenig in meinen Lungen, ehe er mich von innen belebte. Mir war gar nicht aufgefallen, wie stickig es im Pub gewesen war.

Noch während ich die wohltuende frische Luft genoss, sah ich meinen Bruder, wie er sich in die Hecke schräg gegenüber dem Parkplatz übergab. Und schon war die klitzekleine Erholungsphase auch wieder Geschichte.

»Hailey, ich sterbe«, behauptete Frederic, während ich ihm ein Taschentuch reichte und ihn ein wenig stützte.

»Quatsch, Frederic, du stirbst ganz sicher nicht. Du willst doch demnächst heiraten«, rief ich ihm in Erinnerung.

Bei meinen Worten sah er mich noch eine Spur blasser an. Gemeinsam kämpften wir uns zu einer kleinen Bank, die vor dem Pub stand, und ließen uns darauf fallen. Keine Sekunde zu früh, denn viel länger hätte ich meinen Bruder nicht mehr stützen können.

»Heiraten? Mina? O Gott! Was hab ich nur getan?«, fragte er plötzlich sichtlich zerknirscht.

»Du feierst deinen Junggesellenabschied, Frederic. Alles ist bestens. Mina hatte auch einen. Sie freut sich für dich, dass du feiern gehst. Das hat sie mir selbst gesagt«, versuchte ich ihn zu beschwichtigen.

Denn nichts war schlimmer als ein beschwipster trauriger Bruder. Der war mir fast noch eine Spur unliebsamer als die nur betrunkene Variante. Aber mich fragte ja keiner nach meiner Meinung. Ich musste mit dem arbeiten, was mir geboten wurde. Und als hätte ich damit nicht schon die Hände voll zu tun, kam nun auch Ryan aus dem Pub und steuerte zielsicher die Hecke an.

»Jungs, habt ihr mir etwa nicht zugehört, als ich euch sagte, dass ich euch nicht mit meinem Wagen nach Hause fahren würde, wenn ihr beide euch übergeben würdet? Echt jetzt?«

Frederic sah betroffen drein, während Ryan meine Worte unter seiner … Tätigkeit sicher nicht vernommen hatte.

Notiz an mich selbst: Sollte Ryan je wieder auf die Idee kommen, er könnte sich mit meinem Bruder im Pub besaufen, werde ich ganz sicher nicht mehr das Taxi für die beiden spielen.

»Mein Kopf bringt mich um«, jammerte Ryan, kaum dass er sich wieder ein wenig erholt hatte.

Was so viel bedeutete, dass er aufrecht stehen konnte und sich nicht mehr alle drei Minuten übergab.

»Ich glaube, die Fish & Chips waren schlecht«, befand Frederic, als wäre damit alles hinreichend erklärt.

»Ihr beiden habt eindeutig zu viel getrunken. Und das müsstest du auch wissen, mein lieber Bruder, schließlich bist du Arzt. Herrgott!«

Wenn die ganze Situation nicht so absurd und ich nicht unmittelbar von den Folgen betroffen gewesen wäre, hätte ich durchaus über alles lachen können. Ganz frei und ungezwungen. Aber so spürte ich bereits, wie das Lid über meinem rechten Auge zu zucken begann und ich kurz davorstand, auszurasten.

»Wir brauchen nur eine Kopfschmerztablette. Dann geht's bestimmt wieder«, meinte Ryan, der offenbar wieder von den Toten auferstanden war.

Zumindest wankte er nicht mehr nur auf dem Parkplatz herum, sondern kam zu uns herüber und setzte sich ebenfalls auf die viel zu schmale Bank.

Links von mir saß nun mein Bruder und rechts von mir Ryan.

»Genau«, bestätigte mein Bruder mit ärztlich-ernst dreinsehender Miene.

»Danach können wir dann bestimmt nach Hause fahren«, sagte er und lehnte sich damit für mein Dafürhalten ganz schön weit aus dem Fenster.

»Nach Hause? Ich will nicht nach Hause. Der Abend ist doch noch viel zu jung«, quengelte Ryan wie ein Fünfjähriger, der den Indoor-Spielplatz unter gar keinen Umständen verlassen wollte, und sah mich dabei so eindringlich an, dass mir ganz anders wurde.

»Du willst allen Ernstes noch länger hierbleiben, obwohl du dir gerade die Seele aus dem Leib gekotzt hast?«, hakte ich mit einem gewissen Sarkasmus in der Stimme nach und fixierte nun meinerseits Ryan mit meinen Augen in der Hoffnung, ihn so zur Vernunft bringen zu können.

»Ich bin fit wie ein Turnschuh«, behauptete Ryan und sprang sogleich auf die Füße, geriet dabei ins Taumeln und kam unsanft wieder auf der Bank zum Sitzen.

»Ich weiß ja nicht, wie ihr das seht, aber ich würde euch Pappnasen jetzt erst mal auslüften lassen und dann in knapp dreißig Minuten losfahren. Wer nicht mitkommen möchte, kann sich ja ein anderes Bett für die Nacht suchen«, schlug ich vor.

»Ich komme auf jeden Fall mit«, entschied Frederic ziemlich kleinlaut.

Offenbar war er sich gerade der Tatsache bewusst geworden, dass er sich wie ein Teenager benommen und in der Kürze der Zeit viel zu viel getrunken hatte. Dabei hatte er nicht mal damals so unkontrolliert gefeiert. Im Gegenteil. Für gewöhnlich war er derjenige, der alles im Griff hatte, während ich am nächsten Tag mit dem dicksten Kater auf der Couch saß und mir von Mum eine Moralpredigt über mangelndes Verantwortungsbewusstsein anhören durfte.

»Ich bleibe hier.«

War ja klar. Wenn mich jemand zu einer Wette herausgefordert hätte, hätte ich tausend Pfund auf diese Antwort von Ryan gesetzt. Schon als ich meinen Plan unterbreitete, wusste ich, dass er genau das Gegenteil von dem machen würde, was ich vorschlug.

Nur so funktionierten Ryan und ich miteinander. Und langsam war ich es echt leid, dass er ständig querschießen musste. Sogar im betrunkenen Zustand.

»Fein«, erwiderte ich dennoch, ganz die Ruhe selbst.

Schließlich wollte ich nicht, dass Ryan mir anmerkte, wie sehr mich seine Antwort auf die Palme brachte.

Er sollte glauben, mir wäre es gänzlich egal, was er vorhatte. Und im Prinzip war auch genau das der Fall. Mir ging es um meinen Bruder. Nicht um seinen Trauzeugen.

Ryan hielt noch kurz Augenkontakt mit mir, dann erhob er sich mit ernster Miene leicht schwankend von der Bank und trottete zurück in Richtung Pub-Eingang.

»Der bleibt echt hier«, stellte Frederic mit einer Mischung aus Faszination und Verwunderung im Gesicht fest.

»Ryan ist erwachsen. Er wird schon wissen, was er tut«, blieb ich standhaft.

Wenn Ryan der Meinung war, ich würde ihm nachrennen, dann hatte er sich geschnitten. Darauf konnte er wahrlich lange warten.

»Ich denke, so langsam können wir es wagen«, meinte Frederic nach knapp zwanzig Minuten, in denen er brav neben mir auf der Bank gesessen und sich darauf konzentriert hatte, den restlichen Mageninhalt bei sich zu behalten.

»Ist gut«, erwiderte ich, erhob mich von der Bank und half ihm hinüber zu meinem Wagen.

Dann ging ich zurück in den Pub, um unsere Zeche zu bezahlen. Dabei übernahm ich auch Ryans Rechnung. Nicht, dass es am Ende noch Probleme mit der Hochzeit gab, nur weil der best man vergessen hatte, in einem Pub für das Gelage seines besten Freundes zu bezahlen.

»Tisch 8«, erklärte ich laut schreiend und mit Händen gestikulierend gegenüber der Kellnerin, für welchen Tisch ich gerne bezahlen wollte.

Die Stimmung war nach wie vor bombastisch. Die Band spielte die großen Hits der letzten dreißig Jahre, während sich alle im Raum verpflichtet fühlten, lauthals mitzusingen. Bei dieser Lautstärke konnte man sein eigenes Wort nicht verstehen. Aber das war egal. Hier ging es um so viel mehr.

»Kleinen Moment«, rief die Kellnerin mir über den Lärm hinweg zu.

Während sie die Belege zusammensuchte, sah ich mich für einen kurzen Augenblick im Pub um. Nur so. Nicht, weil ich Ausschau nach Ryan hielt. Es war mir ganz egal, mit wem …

Da erblickte ich ihn in Avas Armen. Die beiden schienen sich ziemlich gut zu verstehen. Für mein Dafürhalten äußerst gut sogar. Es machte fast den Eindruck, als würden sie sich schon länger kennen.

So lachten und schäkerten sie miteinander und hatten dabei kein Auge für das, was um sie herum geschah. Kismet, wie man so schön sagte. Liebe auf den ersten Blick. Was Naomi wohl dazu sagte?

Wie gut, dass ich ein für alle Mal einen Schlussstrich unter das gesetzt hatte, was Ryan und mich verband. So kümmerte es mich nicht im Geringsten, was da gerade zwischen den beiden ablief. Im Grunde musste ich mich für ihn freuen, weil er auf diese Weise heute Nacht nicht auf der Straße schlafen musste. Und alles andere ging mich ohnehin nichts an.

»Ist alles in Ordnung mit Ihnen?«, fragte mich die Kellnerin gerade.

Die Musik hatte für einen Moment aufgehört zu spielen. Die plötzliche Stille, die eintrat, war merkwürdig, fast schon gespenstisch.

»Ja, ja, bei mir ist alles gut. Ich wollte nur gerne zahlen«, beeilte ich mich zu sagen, während ich inständig hoffte, Ryan würde mich nicht sehen.

»Okay, ich dachte nur, weil Ihnen Tränen über die Wangen laufen.«

Die Kellnerin deutete auf mein Gesicht.

»Ach, das ist nichts. Das hab ich öfter, wenn ich aus der Kälte in einen warmen Raum gehe«, behauptete ich und wischte mir dabei verstohlen die Tränen aus dem Gesicht.

Schon im nächsten Moment zahlte ich die Rechnung, eilte nach draußen, ohne mich noch ein letztes Mal nach Ryan und Ava umzublicken, und stürzte zu meinem Wagen, als wäre der Teufel höchstpersönlich hinter mir her.

»Alles gut bei dir, Hailey? Du siehst so verstört aus«, meinte dann auch noch mein Bruder, kaum dass ich neben ihm im Wagen Platz genommen hatte.

»Alles bestens. Ich bin nur ganz schön müde. Können wir los?«, fragte ich eine Spur zu schroff, während ich mich anschnallte.

»Was ist mit Ryan?«, hakte Frederic nach und blickte dabei wie ein Hündchen, das auf dem Parkplatz auf sein Herrchen wartete, in Richtung Pub.

»Dem geht es blendend. Er hat eine Frau kennengelernt. Ryan ist also ganz in seinem Element.«

Kapitel 10

Ryan

»Ich denke, du solltest das trinken. Dann geht es dir gleich besser«, behauptete eine Stimme, die mir gänzlich unbekannt vorkam.

Schwerfällig öffnete ich meine Augen und blickte mich in dem viel zu hellen Raum um, den ich nicht kannte. Meine Wohnung war das definitiv nicht. Und auch das Hotelzimmer am Clachtoll Beach sah anders aus. Da war ich mir ganz sicher.

Was zur Hölle war bloß passiert?

»Wo bin ich?«, fragte ich mit krächzender Stimme.

Auch sie klang schrecklich fremd.

»Du bist bei meiner Freundin Nina und mir, Ava. Wir haben uns gestern im Pub kennengelernt. Und als du nicht wusstest, wo du übernachten sollst, haben wir zwei dich mit zu uns genommen. Erinnerst du dich?«, erklärte Ava und reichte mir das Glas, das sie nach wie vor in Händen hielt.

»Was ist das?«, fragte ich eine Spur zu skeptisch.

Wenn die beiden mich hätten umbringen wollen, dann hätten sie heute Nacht mehr als eine Möglichkeit dazu gehabt.

»Aspirin Complex«, erklärte mir Ava wie einem Kind.

Fast war es mir ein wenig peinlich, dass ich sie überhaupt danach gefragt hatte.

»Du kannst dich duschen gehen. Wir fahren in knapp einer halben Stunde in Richtung Clachtoll Beach. Dein Cottage befindet sich ganz in der Nähe, also könnten wir dich mitnehmen, wenn du möchtest.«

Die Flut von Informationen überrollte mich förmlich, während ich nicht einen klaren Gedanken zu fassen bekommen konnte. Warum war ich hier und nicht am Clachtoll Beach? Was war vorgefallen, dass Frederic und Hailey offensichtlich ohne mich zurückgefahren waren?

Während ich das Glas in einem Zug leerte, erinnerte ich mich bruchstückweise an den vergangenen Abend. Eigentlich war alles ganz harmonisch verlaufen. Nur irgendwann hatte ich mal wieder meinen Dickkopf durchsetzen müssen und war im Pub geblieben, obwohl Hailey nach Hause fahren wollte.

»Das ist total lieb von euch. Ich hoffe, ich habe euch nicht allzu viele Umstände gemacht.«

Da war aus der Diele ein Lachen zu hören. Das musste Nina sein.

»Du schnarchst wie ein Bär«, erklärte sie amüsiert.

»Das tut mir leid«, erwiderte ich ein wenig betreten.

»Nina schnarcht auch«, offenbarte mir Ava hinter vorgehaltener Hand.

»Das hab ich gehört«, meinte Nina und trottete eingeschnappt davon.

»Sie mag es nicht so gerne, wenn ich jemandem davon erzähle. Wenn ich ehrlich bin, liebe ich sie dafür noch ein bisschen mehr. Aber sag ihr das bloß nicht.«

Ava hielt sich ihren Zeigefinger vor den Mund, der sich übermütig zu einem Lächeln durchgebogen hatte. Ich bestätigte ihr derweil, dass ich über dieses Detail den Deckmantel des Schweigens legen würde.

Vermutlich hatte ich ohnehin alles gleich wieder vergessen. Mein Kopf machte an diesem Tag nicht ganz das, was ich wollte. Mochte daran liegen, dass ich gestern viel zu tief ins Glas geschaut hatte. Sogar nachdem ich draußen war, um … ein wenig frische Luft zu schnappen, hatte ich wider besseres Wissen einfach weitergetrunken. Als Trotzreaktion darauf, dass Hailey nach Hause fahren wollte. Dabei hatte sie es sicher nur gut gemeint. Aber ich hatte mich nicht von ihr bevormunden lassen wollen.

Was ich doch manchmal für ein Idiot sein konnte!

»Ach, was ich dich noch fragen wollte«, meinte Ava, während sie sich von der Couch erhob, auf der ich heute Nacht geschlafen hatte.

»Ja?«

»Warum bist du nicht mit deinem Freund und Hailey nach Hause gefahren?«

»Du kennst Hailey?«, hakte ich ungläubig nach.

Ava nickte.

»Wir sind uns gestern Abend auf der Damentoilette begegnet«, erklärte Ava.

Ich hatte das Gefühl, dass sie mir noch etwas sagen wollte, doch sie sah mich nur abwartend an, ohne selbst etwas zu ergänzen.

»Hailey wollte zurück ins B&B. Ich nicht«, erklärte ich.

Und wie ich meine Worte so wählte, klang es ganz danach, als hätte ich einfach noch ein wenig weiterfeiern wollen, während der Rest der Gesellschaft lieber nach Hause gefahren war. Dabei ging es vielmehr um den ewigen Clinch zwischen Hailey und mir. Darum, wer das Sagen hatte und am Ende als der Gewinner dastand.

Mit einem »Verstehe« auf den Lippen sah Ava mich noch eine ganze Weile abwägend an. Dann wies sie mich abermals darauf hin, dass ich mich beeilen sollte, und verließ das Zimmer.

Also schlüpfte ich unter der Bettdecke hervor, kramte meine Sachen zusammen und ging auf den Flur.

»Die erste Tür rechts«, wies mir Ninas Stimme den Weg.

Sie selbst sah ich nirgends.

Nachdem ich zunächst kalt und anschließend lauwarm geduscht hatte, sah ich einige Dinge ein wenig klarer. Es war dumm von mir gewesen, länger zu bleiben als die anderen. Anstatt meinen Stiefel durchzudrücken, hätte ich es einfach gut sein lassen und mit den beiden zurück an den Clachtoll Beach fahren sollen.

Keine Ahnung, warum ich immer genau das Gegenteil von dem tat, was Hailey vorgab. Als gelte es, bloß nicht ihren Anweisungen oder Vorgaben zu folgen, da ich sonst in irgendeiner Form gegen sie verlor.

Das war so lächerlich. *Ich* war lächerlich. Schließlich war ich nun über dreißig. Ich war ein vernunftbegabter Mensch, der im normalen Leben Kompromisse eingehen konnte und nicht in Problemen, sondern in Lösungen dachte.

Aber wenn ich auf Hailey traf, setzte mein Gehirn aus, und ich tat Dinge, die ich im normalen Leben und anderen Menschen gegenüber so nicht machen würde. Warum ausgerechnet bei ihr? Warum hatte ich das Gefühl, dass ich ständig die offene Konfrontation mit ihr suchte? Das war doch für gewöhnlich nicht meine Art.

Nachdem ich mich abgetrocknet und die Sachen vom gestrigen Abend übergezogen hatte, die extrem nach Rauch und Alkohol stanken, hätte ich mich beinahe erneut übergeben. Zum Glück konnte ich mich zurückhalten. Es wäre mir Ava und Nina gegenüber extrem peinlich gewesen.

»Abfahrbereit?«, fragte Nina und musterte mich skeptisch.

Offenbar war sie nicht sonderlich begeistert darüber gewesen, dass Ava mich bei ihnen hatte übernachten lassen. Es war unverkennbar, dass die beiden ein Paar waren. Aber vielleicht stand Ava ja auch auf Männer. Wenn ich mich recht erinnerte, war jedoch nichts zwischen uns gelaufen. Wir hatten uns nur gut verstanden.

»Jetzt schau nicht so bedröppelt drein, Ryan. Du hast einen über den Durst getrunken und bist sturzbesoffen ins Bett gefallen. Okay, das mit dem Schnarchen war ein wenig laut, aber wir haben es verkraftet.«

Ava schien immer offen anzusprechen, was sie dachte. Beneidenswert.

»Danke, dass ich bei euch übernachten durfte. Ehrlich. Ich wüsste nicht, wo ich jetzt wäre, wenn ihr mich nicht aufgenommen hättet«, erklärte ich reumütig.

Nina wirkte ein wenig zugänglicher. Ein angedeutetes Lächeln war auf ihren Lippen zu erkennen.

»War nicht jeder von uns schon mal in einer solchen Situation? Beim nächsten Mal hilfst du einfach jemandem, der ein Bett für die Nacht benötigt«, erklärte Ava schulterzuckend. »So gleicht sich alles wieder aus.«

»Das mache ich. Klingt nach einem fairen Plan«, bestätigte ich ihr, während ich mit den beiden in Richtung ihres kleinen roten Twingos lief.

Kaum dass ich am Clachtoll Beach angekommen war, klingelte mein Handy.

»Ryan? Wo steckst du? Ich habe schon ein dutzendmal versucht, dich zu erreichen. Hailey und ich machen uns Sorgen um dich«, behauptete Frederic, dabei war ich mir ziemlich sicher, dass es Hailey herzlich egal war, wo ich abgeblieben war.

Und ich konnte es ihr nicht mal verdenken. Schließlich hatte ich mich wie ein schmollendes Kleinkind verhalten, das noch nicht vom Spielplatz nach Hause wollte und seinen Unmut darüber lautstark kundtat.

»Ich bin eben am Clachtoll Beach angekommen«, erklärte ich reumütig.

»Tut mir leid wegen gestern«, schob ich noch nach.

Ein erleichtertes Aufatmen war am anderen Ende der Leitung zu vernehmen.

»Wie gut, dass du zurück bist. Die nächste Tanzstunde bei Mrs Hazelwood steht heute Nachmittag an. Vermassele es nicht! Nur so ein Tipp: Vielleicht sprichst du schon vorher mit Hailey und entschuldigst dich auch bei ihr. Sonst kann ich während der Tanzstunde nicht für deine Sicherheit garantieren.«

Für den Bruchteil einer Sekunde war ich geneigt, über Frederics Worte zu lachen. Klangen sie doch ganz so, als wäre ich ein MI5-Agent, der in einer geheimen Mission unterwegs war.

»Ja, vermutlich hast du recht«, entschied ich mich dann lieber, seufzend einzulenken.

Wenn ich glaubte, die Kopfschmerzen, mit denen ich am heutigen Morgen aufgewacht war, wären schon Strafe genug für den gestrigen Abend gewesen, dann hatte ich meine

Rechnung ohne Hailey gemacht. Sie würde mir meinen Kopf noch so zurechtrücken, dass mir Hören und Sehen verging. Und daran war ich auch noch selbst schuld. Ich hatte es verdient, dass sie mich zurechtwies. Aber ob das auf nüchternen Magen eine schlaue Idee war, wagte ich zu bezweifeln.

»Ist Hailey im B&B?«, fragte ich vorsichtig nach.

»Nein, sie ist mit Mum, Mina und Tante Adelaide zu einem Schneider aufgebrochen, der irgendwas an Minas Kleid noch mal abändern muss. Ich habe keine Ahnung, was da los ist. Mina meinte, dass das Kleid wie angegossen passen würde. Aber Mum hat mir erklärt, dass jede Braut vor der Hochzeit noch mal an Gewicht verliert. Das wäre wohl ein ganz normaler Prozess, um den ich mir keine Sorgen zu machen bräuchte. Warum sie dann alle vier zusammen gefahren sind, schiebe ich auf die Tatsache, dass sie Mina zuvor noch nicht im Brautkleid gesehen haben. Sie hat es allein mit ihrer Mum gekauft.«

Das waren für meinen Geschmack und meinen malträtierten Schädel ein paar Informationen zu viel, aber die Kernaussage war dennoch bis zu mir vorgedrungen: Hailey war nicht da. Und damit konnte ich erst mal ganz entspannt im Cottage ankommen, eine Kleinigkeit frühstücken und mich für das Gespräch mit Hailey wappnen.

»Dann sind wir am Ende wohl die Einzigen, die es erst bei der Hochzeit zu Gesicht bekommen werden«, erwiderte ich scherzhaft.

»Es wird schon alles gut gehen«, meinte Frederic erneut viel besorgter, als gut für ihn war.

Was war nur aus dem ausgelassen feiernden Mann geworden, der gestern lauthals zu *Queen* mitgegrölt hatte? Warum war er so schnell wieder in dieses alte Muster verfallen? Es war doch ein schöner und ausgelassener Abend gewesen. Oder?

»Natürlich wird alles gut gehen. Worüber machst du dir Sorgen, Mann?«, hakte ich nach, weil ich spürte, dass da etwas unter der Oberfläche schwelte, von dem Frederic mir bisher noch nichts erzählt hatte.

Anstatt meinen Weg fortzusetzen, hielt ich auf dem Parkplatz vor dem Cottage inne und wartete darauf, dass mein Freund mir ehrlich sagte, was los war.

»Mina hat einen Knoten in der Brust«, gestand er mir schließlich nach längerem Schweigen.

Wie gelähmt stand ich nach wie vor da und starrte geradeaus in Richtung des Cottagegartens, von dem ein betörender Duft ausging und ein Surren und Summen zu hören war. Die üppige Farbenpracht verschwamm vor meinen Augen.

»Seit wann weißt du es?«

»Wir haben es vor ein paar Wochen erfahren«, offenbarte er mir.

»Vor ein paar Wochen? Und da sagst du mir nichts? Mann, Frederic, ich bin dein bester Freund«, rief ich ihm in Erinnerung, während ich mir der Tatsache bewusst wurde, dass es in Zukunft mehr Dinge geben würde, die er ausschließlich mit Mina und nicht mehr mit mir teilte.

Einerseits hatte ich Verständnis dafür. Schließlich war das der Lauf der Dinge, wenn man verheiratet war und eine eigene Familie gründete. Andererseits war ich schrecklich enttäuscht, da ich mich nun auch noch von meinem ältesten und besten Freund vor den Kopf gestoßen fühlte.

»Ich weiß, Ryan, aber wir mussten erst mal selbst einen Weg finden, damit umzugehen.«

»Und was heißt das jetzt konkret? Ist er bösartig?«

Da ich im Gegensatz zu Frederic nicht Medizin studiert hatte, war ich mir unsicher darüber, welche Tragweite Frederics Aussage hatte. Da er sich allerdings augenscheinlich schreckliche Sorgen um Mina machte, hatte ich ein ungutes Gefühl bei der ganzen Sache.

»Wir wissen es noch nicht. Der Befund wird in den nächsten Tagen eintreffen. Dann wissen wir mehr.«

»Kann ich irgendwas für dich tun?«, bot ich meine Hilfe an und überhörte dabei das arglistige kleine Männchen in meinem Kopf, das mich an der Freundschaft zu meinem besten Freund zweifeln lassen wollte.

»Nein, Ryan, du kannst nichts tun. Allerdings wäre ich dir sehr dankbar, wenn du diese Information für dich behalten könntest. Mina und ich haben bisher niemandem davon erzählt. Ich möchte nicht, dass mich auf meiner eigenen Hochzeit mitleidige Blicke treffen. Und Mina hat das auch nicht verdient. Sie ist so tapfer und wünscht sich nichts anderes, als dass wir den Moment genießen.«

Ein Schluchzen war am anderen Ende der Leitung zu vernehmen. Das letzte Mal, dass ich mitbekommen hatte, wie mein bester Freund weinte, war, als wir elf Jahre alt waren und er beim Fahrradfahren hinfiel und sich das Knie aufschlug.

»Und das werdet ihr. Niemand wird davon erfahren, was du mir gerade erzählt hast. Mach dir deshalb keine Gedanken. Hörst du? Ich bin mir auch ganz sicher, dass das Ergebnis beruhigend ausfallen wird. Du solltest es auch sein. Das Wichtigste ist jetzt, dass wir für Mina da sind, ohne ihr das Gefühl zu geben, sie zu betüddeln.«

Nun lachte Frederic.

»Ich sehe, du kennst Mina ziemlich gut.«

»Sie ist mir gar nicht so unähnlich.«

Frederic schien einige Augenblicke über meine Worte nachzudenken.

»So habe ich es zwar noch nie betrachtet, aber ich glaube, du hast recht. Ihr seid euch ähnlicher, als ich das je für möglich gehalten hätte.«

»Du weißt eben, was gut für dich ist«, witzelte ich.

Frederic lachte erneut.

»Ryan, ich sag es dir viel zu selten, aber danke, dass du immer da bist, wenn ich dich brauche. Es gibt kaum einen Menschen auf diesem Planeten, dem ich mehr vertraue. Wenn überhaupt, dann seid Hailey und du meine engsten Vertrauten.«

Nie zuvor war mir bewusst gewesen, dass ich für Frederic da war, wie er es für mich stets gewesen war. In all den Jahren unserer Freundschaft hatte ich es zwar versucht, verspürte jedoch immer das Gefühl, ihm nicht ganz der Freund sein zu können, der er für mich war.

»Danke, das bedeutet mir viel. Wobei ich mir nicht sicher bin, wie ich es werten soll, dass du Hailey und mich auf eine Ebene stellst.«

»Du kannst es einfach nicht lassen, oder?« Frederic lachte.

»Du kennst mich«, erwiderte ich, ohne näher auf die Angelegenheit einzugehen.

Ohnehin war diesbezüglich in den vergangenen Tagen bereits mehr gesagt worden, als gut war. Schon bald würde die Hochzeit hinter uns liegen und jeder von uns wieder sein eigenes Leben leben. Bis dahin würde ich achtgeben müssen, Hailey nicht zu sehr zu verärgern, damit sie mich nicht in schlechter Erinnerung behielt, wenn sie zurück nach New York ging.

Ein stechender Schmerz machte sich bei diesem Gedanken in meinem Magen breit. Sicher nur der Hunger, gepaart mit dem Alkohol, der dringend aus meinem Körper ausgeschwemmt gehörte.

Ich war keine zwanzig mehr und steckte eine durchzechte Nacht nicht mehr ganz so gut weg. Allerdings würde ich jetzt erst mal alles mobilisieren, um mich wieder fit zu kriegen. Schließlich stand später noch die Tangostunde mit Hailey an, vor der ich auch im nüchternen Zustand Respekt hatte.

Mit einem »Wir hören uns« verabschiedete ich mich von meinem besten Freund, ging durch das verwitterte Holzgatter hindurch und geradewegs durch den duftenden Blumengarten in Richtung Cottageeingang weiter.

Der Geruch von Eiern und Speck lag in der Luft. Für den Wimpernschlag eines Augenblicks überlegte ich, ob ich meinem Magen eine solch fettige Speise nach dem Gelage vom gestrigen Abend schon wieder zumuten konnte, entschied mich dann jedoch recht schnell dafür. Denn was mich nicht tötete, machte mich nur stärker.

Und wenn ich an den weiteren Verlauf des Tages dachte, konnte das definitiv nicht schaden.

Kapitel 11

Hailey

»Es ist ein Traum. Findest du nicht auch?«, fragte Tante Adelaide mich und stupste mich dabei sanft in die Seite.

»Hm?«, erwiderte ich, da ich mal wieder in Gedanken versunken war und mich nicht recht konzentrieren konnte.

»Na, Mina! Das Kleid ist ein wahrer Traum.«

»O ja. Ein wahr gewordener Traum. Es wird eine Traumhochzeit«, pflichtete ich meiner Tante eilig bei, als ich mir wieder gewahr wurde, wo ich mich gerade aufhielt.

Mina strahlte auf dem Podest, das in der kleinen Schneiderei in Clachtoll mitten im Raum stand, regelrecht mit der Sonne um die Wette. Sie war eine wunderschöne Braut und würde schon bald den schönsten Tag ihres Lebens feiern.

Wie sehr ich sie doch darum beneidete, endlich ihre Suche beenden zu können!

Ein Gedanke, der mir zuvor noch nie gekommen war, der sich nun allerdings äußerst markant in meinen Gehirnwindungen festsetzte. Spätestens seit gestern Abend, als ich Ryan mit Ava im Pub gesehen hatte.

Ob er wohl mit ihr nach Hause gegangen war? War er in seinem Zustand überhaupt noch in der Lage gewesen, mit ihr zu schlafen? Oder hatten sie es erst heute Morgen nach dem Aufwachen miteinander versucht?

Diese Gedanken waren lähmend und quälend zugleich. Keine Ahnung, warum ich ständig an diesen Idioten denken musste. Schließlich waren wir kein Paar. Ryan konnte tun und lassen, was er wollte. Auch wenn es mir das Herz brach.

»Du siehst so bekümmert aus«, meinte Tante Adelaide hinter vorgehaltener Hand. »Ist es wegen Frederics Trauzeugen?«

»Wie bitte?«

Tante Adelaide hatte nicht nur ein Faible für New York, sie wusste auch ganz genau, was mit mir los war. Wir beide hatten schon immer einen sehr engen Draht zueinander. Mum behauptete oft scherzhaft, dass Tante Adelaide die viel passendere Mutter für mich gewesen wäre, weil sie mich in- und auswendig kannte.

Und genau diese Tatsache wurde mir jetzt zum Verhängnis.

»Ich spüre diese Spannung zwischen euch beiden. Mir kannst du es doch verraten. Du weißt, ich kenne dich besser als jeder andere Mensch auf diesem Planeten. Und wenn ich mich nicht täusche, dann hast du ziemlich viel für diesen Ryan übrig.«

Obwohl sie nach wie vor flüsterte, blickte ich zu Mum, um zu überprüfen, ob sie uns zugehört hatte.

Doch die war ganz verzaubert von Minas Anblick und hatte für uns kein Auge oder Ohr übrig. Zum Glück!

»Die Spannung kann ich dir ganz leicht erklären, Tante Adelaide. Wenn Ryan und ich uns zu nahekommen, dann brennt bei uns beiden unweigerlich eine Sicherung durch, und wir giften uns an, bis einer weint.«

Das war vielleicht etwas flapsig formuliert, aber im Grunde traf es den Nagel ziemlich genau auf den Kopf.

Bei meinen Worten lachte Tante Adelaide und erinnerte mich dabei wieder an Geraldine McEwan, eine bekannte Miss-Marple-Darstellerin. Fehlte nur noch der obligatorische Hut und die Lockenfrisur. Aber man konnte schließlich nicht alles haben.

»Ich bin mir ziemlich sicher, dass ihr beide euch viel besser verstehen würdet, wenn ihr ehrlich miteinander wärt«, blieb sie beharrlich und dämpfte dabei dankenswerterweise nach wie vor ihre Stimme.

»Wie sollten wir denn noch ehrlicher zueinander sein, als wir es bereits sind? Wir werfen uns gegenseitig Dinge an den Kopf, die sind so ehrlich, dass sie nie ein Mensch offen aussprechen sollte. Ich meine, ich habe ihm unlängst vorgeworfen, imstande dazu zu sein, ein Eichhörnchen zu verspeisen.«

Bei meinen Worten machte Tante Adelaide große Augen.

»Kindchen, da bist du aber maßlos über das Ziel hinausgeschossen. Was hat dich denn dazu gebracht?«, fragte sie mit einer gewissen Besorgnis in der Stimme nach.

»Na, Ryan!«, war die einzig ehrliche Antwort, die ich darauf geben konnte.

Tante Adelaide verfiel in Schweigen. Ich hoffte bereits, dass die Inquisition beendet wäre, doch dann legte sie noch mal nach.

»Heutzutage würde man wohl von einer toxischen Beziehung sprechen. Allerdings glaube ich nicht, dass es sich bei euch beiden darum handelt. Vielmehr habe ich das Gefühl, dass ihr sehr wohl tiefe Gefühle füreinander hegt und euch beide nur nicht traut, diese offen zuzugeben.«

»Ich soll Gefühle für Ryan haben?«, platzte es ungehalten aus mir heraus.

Nur unter Einsatz all meiner Coolness gelang es mir, so leise zu sprechen, dass Mum, die gerade mit Mina und der Schneiderin irgendeine Naht in der Taille diskutierte, nicht mitbekam, was ich mit Tante Adelaide besprach.

»Ja, davon bin ich überzeugt«, erwiderte Tante Adelaide mit dem Brustton der Überzeugung.

»Aber wie kommst du nur darauf?«, versuchte ich nachzuvollziehen, was in meinem Verhalten sie darauf schließen ließ, ich hätte etwas für Ryan übrig.

Bisher war es mir immer gut gelungen, meine wahren Gefühle für ihn versteckt zu halten. Und nun sagte mir Tante Adelaide auf den Kopf zu, dass ich damit kläglich gescheitert war.

»Ihr beide werft euch Blicke zu, wie das nur Liebende tun«, behauptete sie.

»Wir beide?«, hakte ich nach.

Denn wenn ich Tante Adelaide richtig verstand, dann war das hier keine einseitige Geschichte.

Aber konnte sie damit wirklich recht haben?

Zwar stimmte es, dass sie in meinem Gesicht schon immer wie in einem offenen Buch hatte lesen können. Was war jedoch mit Ryan? Den kannte sie nicht wirklich. Sie waren sich in der Vergangenheit nur ein-, zweimal flüchtig begegnet. Und das war eine Ewigkeit her. Damals waren wir noch Kinder.

»Natürlich. Ihr beide«, bestätigte Tante Adelaide mit nickendem Kopf und ernster Miene, ganz so, als würde sie es sich niemals erlauben, in einer Angelegenheit mit solcher Tragweite zu scherzen.

Während Mum etwas zu ihrer Schwester sagte, dachte ich über Tante Adelaides Worte nach. Konnte sie denn wirklich recht haben? Hatte Ryan auch etwas für mich übrig?

Aber nein, das konnte nicht sein. Würde er mich denn dann ständig so in Rage bringen und nur darauf warten, dass ich bei seinen Worten neuerlich aus der Haut fuhr? Und warum war er gestern nicht mit uns zurück an den Clachtoll Beach gefahren, wenn Tante Adelaide recht behalten sollte? Dann wäre er doch ganz sicher nicht mit Ava nach Hause gegangen.

Nein, Tante Adelaide musste sich täuschen. So einfach war das. Ryan hatte keine Gefühle für mich. Und ich sollte meine heimliche Schwärmerei auch dringend besser in den Griff bekommen, wenn Tante Adelaide mich schon darauf ansprach.

Kapitel 12

Ryan

»Wir müssen zum Tanzkurs«, blaffte Hailey mich durch die geschlossene Zimmertür hindurch an, nachdem sie an ebenselbe angeklopft hatte.

Offenbar war nicht mal genügend Zeit geblieben, erst mal abzuwarten, bis ich ihr die Tür öffnete, um mich dann wütend anzufunkeln und den nächsten Streit vom Zaun zu brechen.

Aber ich hatte es auch nicht besser verdient. Schließlich hatte ich mich gestern Abend ihr gegenüber wie ein Vollidiot verhalten.

Indem ich nicht mit Frederic und Hailey zurückgefahren war, hatte ich eine unsichtbare Grenze weit überschritten. Eigentlich hatte ich Hailey nur ein wenig necken wollen. Der eigentliche Plan beinhaltete, abzuwarten, ob Hailey mir nachgehen würde, um mich aus dem Pub zurückzuholen, und dann mit den beiden nach Hause zu fahren.

Aber dann war ich schlichtweg zu betrunken gewesen und hatte die Gelegenheit verpasst, mich den beiden anzuschließen. Und irgendwann war es mir auch ziemlich egal gewesen, weil die Stimmung im Pub so gut gewesen war.

Wenn ich bereits gestern gewusst hätte, was Frederic mir heute offenbart hatte, dann hätte ich selbstredend mehr

Rücksicht auf meinen besten Freund genommen. An ihn hatte ich bei meiner kleinen Fehde mit Hailey gar nicht gedacht, musste ich mir selbst zähneknirschend eingestehen.

Was war ich nur für ein lausiger Freund! Anstatt mich gestern um meinen besten Freund zu kümmern, der seinen Junggesellenabschied feierte, hatte ich mich einfach meiner Verantwortung als Trauzeuge entzogen und mein eigenes Ding gemacht.

Das war so schäbig, dass ich nach dem kleinen Mittagsschlaf, den ich mir nach dem Frühstück gegönnt hatte, kaum in den Spiegel schauen konnte.

»Du hast ja recht«, rief ich und öffnete Hailey, die die Hand soeben erhoben hatte, die Tür, um ein weiteres Mal anzuklopfen.

Ihre sturmumtosten blauen Augen funkelten mich böse an, während ihre sonst so perfekte blonde Frisur ein wenig wirr anmutete. Zerzaust würde ich es nicht nennen, aber ihr war die Wut über mich sogar in den Haaren anzusehen. Ja, so konnte man es ausdrücken.

»Worauf wartest du dann noch? Wir müssen los«, blieb Hailey beharrlich und sah mich dabei an, als wollte sie mich mit ihren Blicken über den Jordan schicken.

»Es tut mir leid«, erwiderte ich, woraufhin sie verwundert die Stirn runzelte.

»Es tut mir leid, dass ich gestern im Pub geblieben bin, anstatt mit euch zurückzufahren. Es war dumm von mir.

Kindisch. Und ich schäme mich dafür, dass ich als best man so kläglich versagt habe«, offenbarte ich Hailey meine Gefühle eine Spur zu bereitwillig.

Diese verschränkte ihre Arme vor der Brust und sah mich mit einer Gewissheit im Blick an, die mir Angst machte.

»Du solltest dich vor allem bei deiner Freundin entschuldigen. Aber vermutlich hast du ihr noch nicht mal davon erzählt, was gestern Abend vorgefallen ist und wo du übernachtet hast.«

»Bei wem?«, hakte ich nach, da ich erst nicht verstand, wen sie meinte.

»Na, Naomi«, rief sie mir in Erinnerung.

Das Lügenkapitel, das ich Frederic gegenüber aufgeschlagen hatte, drohte mir um die Ohren zu fliegen. Warum hatte ich nur geglaubt, es wäre eine gute Idee, ihm gegenüber zu behaupten, ich hätte eine Freundin?

Lügen hatten kurze Beine. Ich kannte diese Redensart und hatte mir dennoch eingeredet, dass ich damit durchkommen würde. Tja, nun hatte ich den Salat.

»Es ist nichts vorgefallen«, beeilte ich mich richtigzustellen.

Bei meinen Worten zeichnete sich auf Haileys Gesicht so etwas wie Erleichterung ab. Vielleicht bildete ich mir das jedoch auch nur ein. Denn schon im nächsten Moment war davon nichts mehr zu sehen.

»Dann habt ihr nicht …?«, hob Hailey an.

Ich schüttelte den Kopf.

»Ava ist glücklich mit Nina liiert. Die beiden haben mir ihre Schlafcouch im Gästezimmer für die Nacht überlassen und mich vorhin an den Clachtoll Beach gefahren. Ich werde wohl ewig in ihrer Schuld stehen.«

Hailey lachte.

»Du klingst wie Mr Darcy aus *Stolz und Vorurteil*«, meinte Hailey und grinste frech.

»Ich denke, wir sollten jetzt wirklich los. Mrs Hazelwood wartet sicher schon auf uns«, wechselte ich unvermittelt das Thema, zog die Tür in meinem Rücken ins Schloss und ging an der perplex dreinsehenden Hailey vorbei in Richtung Treppe.

Bei Mrs Hazelwood angekommen, bedauerte ich es das erste Mal, seit mir der Führerschein wegen zu schnellen Fahrens entzogen worden war, nicht selbst fahren zu können. In London brauchte ich keinen eigenen Wagen, um von A nach B zu kommen. Aber hier am Clachtoll Beach wäre es essenziell gewesen. Allein schon, um nicht vollkommen abgekämpft an Punkt B anzukommen, weil ich mir auf der zehnminütigen Fahrt mal wieder einen hitzigen Schlagabtausch mit Hailey gegönnt hatte.

Worum es dabei gegangen war, konnte ich letztlich nicht mehr mit Sicherheit sagen. Es begann mit einem Streit um den richtigen Radiosender und endete damit, dass Hailey mir androhte, mir beim Tango ein Bein zu stellen.

»Wie schön, ihr seid da«, begrüßte uns Mrs Hazelwood, als wir bei ihr klingelten.

Sie hatte gute Laune und bat uns zu sich ins Studio.

Der geräumige Raum konnte rein architektonisch gar nicht in das kleine, aus Stein gefertigte Cottage passen. Es war ein bisschen wie bei Aladin und seiner Wunderlampe.

»So, lieber Ryan, heute sind Sie ganz besonders gefordert. Der Tango ist ein Tanz voller Leidenschaft. Und genau das möchte ich von Ihnen sehen. Sie sollen Hailey begehren, Ihr Verlangen ist so groß, dass jede Pore Ihres Körpers das ausstrahlt.«

»Okay«, erwiderte ich und schluckte dabei gegen den Kloß an, der sich bei Mrs Hazelwoods Worten in meinem Hals gebildet hatte.

»Okay? Das ist mir zu wenig«, erwiderte die Tanzlehrerin pikiert und wandte den Kopf ab, als würde sie schmollen.

»Ich werde mein Bestes geben«, versuchte ich es erneut.

Schließlich hatte ich mit Hailey schon alle Hände voll zu tun. Da wollte ich nicht noch eine weitere Frau gegen mich aufbringen.

»Nun gut, wir probieren es«, lenkte sie ein, klang aber noch nicht gänzlich überzeugt.

»Es werden acht Schritte im Karree getanzt«, begann sie sogleich zu erklären, während ich mich einzig und allein auf ihre Worte zu fokussieren bemühte.

»Bitte begebt euch in die Startposition.«

Das war mein Stichwort. Mit meiner linken Hand umschloss ich Haileys rechte Hand, während ich meine rechte Hand auf ihr Schulterblatt legte und hoffte, sie würde nicht im nächsten Moment zu Staub zerfallen, weil ich sie mir an Hailey verbrannt hatte.

»Das wirkt noch ein wenig steif, aber für den Anfang können wir damit arbeiten.«

Mrs Hazelwood lief prüfend um uns herum, zupfte hier und schob da, ehe wir in der Position verharrten, in der sie uns sehen wollte.

Hailey sah starr an die Wand in meinem Rücken und würdigte mich dabei keines Blickes. Ganz so, als wäre ich Luft.

Bereits in der Vergangenheit hatte sie mich schon das ein oder andere Mal einfach mit Missachtung gestraft, aber dabei hatten wir uns nie an den Händen gehalten und die Wärme des jeweils anderen Körpers gespürt.

Das war definitiv eine Herausforderung für mich. Und ich hatte keinen blassen Schimmer, wie lange ich mich in dieser neuen Disziplin behaupten können würde.

»Der Herr, also Sie, Ryan, verlagert sein Gewicht auf den linken Fuß. Durch die feste Haltung, die ihr beide eingenommen habt und hoffentlich auch beibehaltet, weiß die Dame, also Hailey, nun, mit welchem Fuß sie starten muss.«

Mrs Hazelwood lief nach wie vor um uns herum, während sie Anweisungen gab, wie wir weiter vorzugehen hatten.

Mir lief dabei der Schweiß über die Stirn, so unwohl fühlte ich mich in meiner Haut. Dabei gab es grundsätzlich nichts Schöneres für mich, als Hailey nahe zu sein. Aber in dieser Situation wäre ich lieber meilenweit von ihr entfernt gewesen.

»Ryan, Sie setzen Ihren ersten Fuß einen Schritt gerade nach hinten. Dann führen Sie Ihren linken Fuß zuerst gerade nach hinten zum rechten Standbein und setzen ihn dann deutlich nach links zur Seite. Machen Sie das mal bitte!«

Ich tat, wie mir geheißen, und hoffte inständig, dass ich nicht die nächste Frau an diesem Tag enttäuschte.

»Ganz genau. So ist es richtig. Und wie Sie sicher bemerkt haben, drehen Sie dabei Ihren Oberkörper nach rechts. Dann führen Sie Ihren rechten Fuß zuerst zum linken Standbein und dann nach vorne. Sie setzen ihn links von Hailey und einspurig, also in Linie, vor Ihr linkes Standbein.«

Hailey, die offenbar jeden Tanz beherrschte, folgte auch ohne Anweisung den Schritten. Wie sehr ich sie doch darum beneidete, so stoisch dreinblicken und gelassen wirken zu können, während ich regelrecht Panik vor dem nächsten Schritt bekam.

»Kommen wir zum vierten Schritt. Ryan, Sie setzen nun Ihren linken Fuß nach vorne, einspurig vor den linken Fuß. Dann schließen Sie Ihren rechten Fuß zum linken Standbein, dabei steigen Sie etwas in den Knien und strecken sich im Körper nach oben. Ganz grazil. Wie eine Giraffe.«

Auch hierbei bemühte ich mich, Mrs Hazelwoods Anweisungen Folge zu leisten, ob ich dabei jedoch so grazil wie eine Giraffe wirkte, wagte ich dann doch zu bezweifeln. Spätestens als ich Haileys zuckende Mundwinkel bemerkte, wusste ich, dass ich kein bisschen grazil tanzte, sondern eher aussah wie ein Elefant im Porzellanladen.

»Haltung, Ryan, Haltung! Nun kommen wir zum sechsten Schritt. Sie drehen sich nun um fünfundvierzig Grad nach links, setzen Ihren linken Fuß nach vorne zwischen die Füße von Hailey. Danach drehen Sie sich weitere fünfundvierzig Grad nach links und setzen Ihren rechten Fuß nach rechts vorne und zur Seite. Im Anschluss daran schließen Sie Ihren linken Fuß zum rechten Standbein. Et voilà! Das war's.«

Bei Mrs Hazelwood klang das so, als gäbe es nichts Einfacheres auf der Welt. Womöglich lag es am Schlafmangel nach meiner allzu kurzen Nacht, dem vielen Alkohol oder meinem fehlenden Rhythmusgefühl, ich hatte absolut keine Ahnung, was ich nun tun sollte. Zu allem Überfluss ging unsere Tanzlehrerin bereits hinüber zu ihrem Plattenspieler, um passende Musik aufzulegen.

»Entspann dich! Ich führe«, hörte ich Hailey kühl bestimmen, während sie mich nach wie vor keines Blickes würdigte.

Wie sollte ich mich denn bitte schön entspannen, während ich das Gefühl hatte, zum Schafott gebracht zu werden? Das hier war gar keine gute Idee. Warum hatte ich mich nur breitschlagen lassen, das ganze Theater mitzumachen?

»So, ihr Lieben, jetzt kommt gleich euer Einsatz. Und zwar genau … jetzt.«

Sobald Mrs Hazelwood das Startsignal gegeben hatte, setzte sich Hailey in Bewegung. Für den Bruchteil einer Sekunde versuchte ich mich an die Schrittabfolge zu erinnern, die unsere Tanzlehrerin mir soeben beigebracht hatte. Aber in meinem Kopf war nichts als gähnende Leere und der übergroße Wunsch, mich von Hailey loszumachen und von hier zu verschwinden.

Mit Händen war die nahende Katastrophe bereits greifbar, aber dann passierte etwas, womit ich im Leben nicht gerechnet hätte: Wir tanzten. Hailey und ich. Wir tanzten passend im Rhythmus und keiner von uns beiden stolperte über die Füße des anderen.

Es machte fast den Anschein, als würden wir jeden Tag zusammen tanzen, so harmonisch wirkten unsere Schritte.

»Sehr schön, sehr schön. Ein wenig mehr Ernsthaftigkeit im Gesicht, bitte. Das ist ein Tango und kein Tanz auf einem Jahrmarkt«, befahl Mrs Hazelwood, der Perfektion mal wieder über alles ging.

Mir reichte es schon, dass es mir ansatzweise gelang, elegant über das Parkett zu schweben. Wenn Hailey die Führung jedoch nicht übernommen hätte, wüsste ich nicht, wie es dann um mich bestellt gewesen wäre.

Jetzt blieb mir nur zu hoffen, dass ich mit Minas Trauzeugin keinen Tango würde tanzen müssen. Denn wenn sie nicht ebenso routiniert wie Hailey war, würde das ganze Vorhaben in einem Desaster enden.

Doch daran wollte ich nicht denken. Gerade lief es doch ganz gut. Warum also schon wieder den Teufel an die Wand malen und sich wegen ungelegter Eier verrückt machen? Das war für gewöhnlich auch nicht meine Art.

Also besann ich mich auf den Moment, bemühte mich, es Hailey so leicht wie möglich zu machen, und konzentrierte mich einzig und allein auf die Musik.

Irgendwann in der Folge trafen sich unsere Blicke. Zunächst glaubte ich, Hailey würde gleich wieder wegsehen, doch das Gegenteil war der Fall. Schon im nächsten Moment sahen wir uns so tief in die Augen, dass alles rund um uns herum in Vergessenheit geriet.

Plötzlich erinnerte ich mich wieder an den gestrigen Abend. Da hatte es auch genau solch einen Augenblick gegeben. Und ich Idiot hatte ihn ungenutzt verstreichen lassen. Und das, obwohl ich ganz deutlich gespürt hatte, wie sehr unsere beiden Körper sich voneinander angezogen fühlten.

Aber was hätte ich denn tun sollen? Hailey einfach küssen? Das würde ich vermutlich exakt ein einziges Mal probieren und danach nie wieder, weil Hailey mir eine Ohrfeige verpassen und von da an nie wieder ein Wort mit mir wechseln würde.

Unsere Ausgangslage war nicht unbedingt die beste. Aber es ging tatsächlich noch schlechter. Und darauf durfte ich es nicht ankommen lassen.

Wer wagt, gewinnt, lautete eine gängige Behauptung, aber das war eine Redewendung für Helden in strahlender Rüstung. Ich arbeitete in einer Werbeagentur. Das Einzige, was ich dazu beitragen konnte, um Hailey zu beeindrucken, wäre ein marketingwirksamer Slogan, wie *So erfrischend wie ein Kuss oder Mein Kuss verleiht Flügel.*

»So, das sieht doch schon alles ganz gut aus. Damit können wir arbeiten. Ryan, Sie bewegen sich noch immer ein wenig steif, aber das ist auch die einzige Kritik, die ich an dieser Stelle äußern möchte. Sie schlagen sich tapfer. Was allerdings auch an Ihrer wunderbaren Tanzpartnerin liegt.« Dann wandte sie sich an Hailey. »Sie sollten überlegen, das Tanzen zu Ihrem Beruf zu machen, meine Liebe. Sie haben das gewisse Etwas. Glauben Sie mir, ich sehe das.«

Haileys Wangen erröteten leicht, während sie ihre Hand aus meiner löste und ein wenig auf Distanz zu mir ging.

»Das ist sehr lieb von Ihnen, Mrs Hazelwood. Es hat mir immer viel Freude bereitet, zu tanzen. Allerdings finde ich dafür im Alltag nicht mehr so viel Zeit. Ich bin Anwältin in New York.«

Mrs Hazelwood machte große Augen.

»Was für eine Talentverschwendung, mein Kind. Es bricht mir das Herz. Anwälte gibt es wie Sand am Meer. Natürlich ist es ein angesehener Beruf. Das will ich gar nicht leugnen. Aber Sie, liebe Hailey, strahlen von innen heraus wie eine Tänzerin. Denken Sie mal über meine Worte nach. Ich bin mir ziemlich sicher, dass Sie beim Tanzen mehr Erfüllung finden würden als in Ihrem jetzigen Beruf.«

Schon wartete ich darauf, dass Hailey ihr Widerworte gab. Doch sie blieben aus. Vielmehr versank sie in einem nachdenklichen Schweigen. Ganz so, als würde sie sich Mrs Hazelwoods Worte ernsthaft zu Herzen nehmen.

»Ach herrjemine, so spät schon? Ich muss mich leider verabschieden. Meine Schwiegertochter Mable hat mich zum Tee eingeladen. Sie ist eine miserable Bäckerin und hat zwei linke Füße, aber sie hat das Herz am rechten Fleck und mir zwei wundervolle Enkeltöchter geschenkt. Was nimmt man nicht alles in Kauf, um die Familie zu sehen. Nicht wahr?«

Wie recht sie doch hatte. Allein, was ich alles auf mich genommen hatte, um jetzt hier bei der Hochzeit meines besten Freundes zu sein. Vor allem die Tatsache, dass ich ihm zuliebe sogar einen Tanzkurs machte, obwohl ich dafür so gar kein Talent hatte, zeugte von meiner Verbundenheit zu Frederics Familie.

Ich nahm das alles auf mich, obwohl wir nicht mal verwandt waren. Aber wenn ich mir überlegte, dass meine Eltern nach wie vor nicht in einem Raum zusammen sein konnten, ohne sich wüste Beschimpfungen an den Kopf zu werfen, dann waren die McFaydens wohl alles, was mir als Familie geblieben war.

»Dann bis morgen«, verabschiedete sich Hailey, noch immer ein wenig benommen von der Offenbarung, mit der Mrs Hazelwood sie aus dem Konzept gebracht hatte.

»Danke«, sagte ich, als wir an ihrem Cabrio ankamen.

Hailey sah mich an, als verstünde sie nicht, worauf ich hinauswollte.

»Danke, dass du mir bei dem Tango geholfen hast. Ich habe keine Ahnung, wie ich das ohne dich geschafft hätte«, holte ich also ein wenig weiter aus.

»Ich hatte nur Angst um meine Füße. Du musst dich also nicht bedanken. War nichts Persönliches.«

Sie konnte es einfach nicht lassen.

Aber irgendwie hatte ich es wohl nach dem gestrigen Abend nicht besser verdient. Auch wenn ich gehofft hatte, dass das Gefühl der Nähe beim Tango etwas zwischen uns verändert hatte, musste ich mir nun eingestehen, dass wir keinen Millimeter weitergekommen waren. Wir saßen nach wie vor da draußen auf der Bank vor dem Pub, während ich erklärte, dass ich nicht mit den beiden zurück an den Clachtoll Beach fahren würde.

»Was soll ich denn noch machen?«, hakte ich frustriert nach und lehnte mich gegen die Reling des Cabrios.

»Wie bitte?«

Hailey schien nicht zu verstehen, worauf ich hinauswollte.

»Ich habe mich für mein gestriges Verhalten entschuldigt, Hailey. Was soll ich denn noch machen? Vor dir auf die Knie gehen und um Entschuldigung betteln?«, trug ich ein wenig dick auf. »Sogar Frederic hat mir verziehen. Und es war sein Junggesellenabschied, wenn ich dir das in Erinnerung rufen darf.«

Hailey schnaubte.

»Es geht nicht um den gestrigen Abend, Ryan. Oder besser gesagt: nicht nur.«

»Worum geht es denn dann?«, hakte ich nach, weil mir die miese Stimmung zwischen uns zunehmend missfiel.

»Du meinst immer, für dich würden Extra-Regeln gelten. Als wärst du irgendein Superstar, der etwas Besseres ist als wir Normalsterblichen. Aber ich sag dir mal was, ich habe die halbe Nacht wegen dir wach gelegen, weil ich mir Sorgen um dich gemacht habe. Vielleicht kannst du dir das nicht vorstellen oder du glaubst mir kein Wort. Dann ist es so, Ryan, und ich mache mich hier vollkommen lächerlich.«

In Haileys Augen schwammen Tränen. Das konnte ich auch über das Wagendach hinweg gut erkennen. Ob aus

Wut oder Betroffenheit konnte ich jedoch nicht so recht abschätzen.

Schon bedauerte ich es, dass wir so weit voneinander entfernt standen. Am liebsten hätte ich sie in diesem Moment in die Arme genommen. Allerdings war ich mir nicht sicher, wie Hailey darauf reagieren würde. Also verharrte ich weiter an Ort und Stelle.

»Ich bin es doch, der sich gestern Abend lächerlich gemacht hat, als ich nicht mit euch gefahren bin, und nicht du, Hailey. Ich weiß gar nicht, was da in mich gefahren ist. Manchmal neige ich in deiner Gegenwart zu Entscheidungen, die ich so im normalen Leben ganz sicher nicht treffen würde.«

»Dann liegt es also an mir?«, fragte Hailey mit weit aufgerissenen Augen und deutete dabei mit dem Zeigefinger auf sich, als bestünde auch nur der Hauch einer Chance, dass ich jemand anderes meinen könnte.

»Nein, es liegt nicht explizit an dir, Hailey. Es liegt an dem, was passiert, wenn wir beide aufeinandertreffen. Dann herrscht da so eine angespannte Energie vor, die sich irgendwie entladen muss. Weißt du, was ich meine?«

Hailey sah mich nach wie vor direkt an. Dann nickte sie kaum merklich mit dem Kopf.

»Wir sollten daran arbeiten. Schließlich steht Frederics Hochzeit vor der Tür. Mina und er haben es verdient, eine schöne Feier zu haben.«

»Dann hat er dir davon erzählt?«

Noch ehe ich wusste, wie mir geschah, waren die Worte auch schon über meine Lippen gekommen. Am liebsten hätte ich sie postwendend wieder zurückgenommen und so getan, als wäre nie etwas vorgefallen. Aber dafür war es jetzt zu spät.

»Was meinst du damit?«

»Ach, seine Ängste, er könnte es nicht allen recht machen«, holte ich weit aus und hoffte, Hailey würde mir glauben.

Doch ihre Augen hatten sich bereits zu schmalen Schlitzen verengt. Sie roch den Braten zehn Meilen gegen den Wind. Aus der Nummer würde ich wohl nicht so leicht wieder herauskommen.

»Bist du sicher, dass das alles ist?«

Auf Haileys Stirn war eine tiefe Furche zu erkennen, während sie mich nach wie vor fest im Blick behielt und dabei nicht einmal wagte zu blinzeln.

»Ganz sicher sogar«, erwiderte ich und hoffte dabei inständig, dass sie mir meine Lüge abkaufen würde.

Unter gar keinen Umständen durfte ich Hailey erzählen, was Frederic mir anvertraut hatte. Das würde mir mein bester Freund nicht verzeihen. Zu Recht. Schließlich hatte er mich inständig darum gebeten, sein Geheimnis für mich zu behalten.

Und was tat ich? Bei erster Gelegenheit verplapperte ich mich mehr oder minder gegenüber seiner Schwester.

»Können wir dann los?«, wechselte ich unvermittelt das Thema, öffnete die Beifahrertür und setzte mich auf meinen Platz.

Hailey tat es mir gleich, behielt mich dabei allerdings noch eine ganze Weile im Blick, als warte sie nur darauf, dass ich ihr endlich gestand, doch die Unwahrheit gesprochen zu haben.

Aber was diesen Punkt anbelangte, würde ich standhaft bleiben. Das war ich Frederics und meiner Freundschaft schuldig.

Als Hailey nach einer gefühlten Ewigkeit endlich den Motor ihres Wagens startete, konnte ich beruhigt aufatmen. Zumindest für den Moment. Denn so, wie ich Frederics Schwester kannte, würde sie mich erst wieder vom Haken lassen, wenn ich ihr gesagt hatte, was sie wissen wollte.

Kapitel 13

Hailey

»Schwesterherz, wie geht es dir?«

Was genau führte Frederic jetzt wieder im Schilde? Warum war er plötzlich so überschwänglich nett zu mir? Hatte es etwas mit dem zu tun, was er Ryan anvertraut hatte, mir aber vorenthielt? Mir, seiner eigenen Schwester?

»Ich habe die heutige Tanzstunde mit Ryan überlebt und beide Füße sind noch intakt. Ich denke, ich kann nicht klagen«, erklärte ich und bemerkte selbst, wie mürrisch ich klang.

Aber was hatte Frederic denn erwartet?

»Das hört sich gut an«, erwiderte Frederic und lachte.

Was war denn mit dem los? Warum wirkte er denn plötzlich so ausgelassen? Wie ausgewechselt. Fast so, als wäre eine riesige Last von seinen Schultern gefallen. Wie war es denn dazu gekommen? Noch war die Hochzeit ja längst nicht über die Bühne gebracht.

»Findest du?«, hakte ich nach, weil ich nicht so recht verstand, was gerade in meinem Bruder vor sich ging.

Dabei durchschritt ich mein kleines Gästezimmer im B&B und blickte zum Fenster hinaus. Doch von Chap fehlte heute jede Spur. Wahrscheinlich hatte ihn Ryan doch heimlich, still und leise abgemurkst und aufgegessen. Zuzutrauen wäre es ihm.

»Mina und ich haben überlegt, zu euch zum Cottage zu kommen. Ryan hat so davon geschwärmt. Wir vier könnten zusammen einen Spaziergang am Strand machen. Wie wäre das?«, schlug er vor.

Verschwunden war der hektische Klang aus seiner Stimme und die Sorge, irgendetwas könnte schiefgehen. Warum wirkte Frederic plötzlich so gelöst? Und wusste Ryan, was es damit auf sich hatte, während ich im Dunkeln tappte?

Allein die Tatsache, Ryan könnte etwas wissen, was mein Bruder mir vorenthielt, sorgte dafür, dass ich rotsah. Dabei sollte ich mich doch viel mehr darüber freuen, dass es Frederic augenscheinlich besser zu gehen schien.

Dennoch konnte ich über den kleinen Dämon nicht hinwegsehen, der sich tief in mir maßlos darüber ärgerte, übergangen worden zu sein. Wobei auch immer.

»Das klingt nach einer tollen Idee«, erwiderte ich und bemühte mich, nicht mehr ganz so eingeschnappt zu klingen.

Wenn Frederic und Mina vorbeikamen, bestünde viel eher die Möglichkeit, ihn auf seinen unverhofften Gemütswandel anzusprechen. Vielleicht würde er sich mir auch anvertrauen, wenn ich ein wenig Geduld zeigte.

Die Stimme der Vernunft in mir riet mir inständig dazu, Ruhe zu bewahren. Doch der Dämon in mir, der sich zunehmend wie Rumpelstilzchen aufführte, wollte am liebsten jetzt und sofort wissen, was los war.

»Prima, dann sind wir in knapp einer Stunde bei euch.«

Leider wollte Frederic auch Ryan zu dem Spaziergang mitnehmen. Das erschwerte meine Mission um einiges. Allerdings wollte ich nichts unversucht lassen, um hinter das Geheimnis zu kommen, das die Männer miteinander teilten.

Schon früher hatte ich es auf den Tod nicht ausstehen können, wenn die beiden etwas vor mir verheimlichten. Richtiggehende Tobsuchtsanfälle hatte ich bekommen, bis mir einer der Jungs endlich erzählt hatte, was sie mir vorenthielten. Dabei waren es meist nur Nichtigkeiten gewesen.

Doch in diesem speziellen Fall hatte ich das untrügliche Gefühl, dass es diesmal um mehr ging.

»Das ist ja wirklich ganz wundervoll hier. Das Cottage ist sogar noch viel schöner als auf den Bildern im Internet. Wenn ich das so sehe, beneide ich euch fast ein wenig darum, dass ihr hier untergebracht seid«, schwärmte Mina und sah sich dabei zunächst im Cottagegarten um, ging von Blume zu Blume und roch ausgiebig daran.

Es war eine wahre Freude, sie so zufrieden und glücklich zu erleben. Sie wirkte ebenfalls wie gelöst, auch wenn sie zuvor nicht ganz so angespannt gewesen war wie mein Bruder.

Dennoch war ich der Überzeugung, dass auch an ihr eine gewisse Veränderung spürbar war. Hatte diese womöglich etwas mit der Brautkleidanprobe vom heutigen Vormittag zu tun? Wohl eher nicht. Daraus würden die beiden doch nicht so ein Geheimnis machen. Außer natürlich …

»Ja, ich bin jeden Tag aufs Neue ganz begeistert davon, was für ein kleines Juwel ihr für uns ausgesucht habt«, schwärmte nun auch ich.

Ryan warf Frederic einen verwunderten Blick zu. Offenbar konnte nun er wiederum nicht nachvollziehen, warum ich plötzlich vor Freude strahlte. Aber Männer brauchten nicht alles zu verstehen. Vor allem die nicht, die selbst Geheimnisse vor mir hatten.

Ja, ich konnte nachtragend sein. Und wie. Nicht unbedingt eine Charaktereigenschaft, auf die ich besonders stolz war. Aber ich war nun mal auch nur ein Mensch und konnte schwer aus meiner Haut. Vor allem dann nicht, wenn ich mich so benachteiligt fühlte, wie das gerade jetzt der Fall war.

»So was Tolles sieht man in London gar nicht. Ein echter Cottagegarten. Diese Vielzahl von Blumen! Ich glaube, ich kenne nicht mal die Hälfte.«

Mina lächelte ein wenig verlegen.

»Na, wenn ihr beide geheiratet habt, solltet ihr euch hier oben in Schottland ein kleines Ferienhaus am Clachtoll Beach kaufen. Das wird den Kindern sicher auch mal sehr gut gefallen«, wagte ich einen Vorstoß und behielt dabei sowohl Mina als auch Frederic genauestens im Blick.

Die beiden sahen sich sogleich ein wenig erschrocken an. Mina entgleiste kurzzeitig das Lächeln. Allerdings hatte sie sich schnell gefangen, während Frederic ein wenig länger brauchte, um die Fassung wiederzuerlangen.

Treffer! Versenkt!

Das war es also. Die beiden erwarteten Nachwuchs, von dem niemand etwas wissen sollte. Wusste ich doch, dass ich den beiden noch hinter ihr kleines Geheimnis kommen würde.

Stellte sich nur die Frage, warum Frederic ausgerechnet Ryan und nicht mir davon erzählt hatte. Es sei denn natürlich, er liebäugelte damit, Ryan das Amt des Paten anzutragen.

Aber würde er das wirklich tun? Schließlich war ich seine Schwester und viel besser dazu geeignet, Patentante eines kleinen süßen Babys zu werden, als Ryan, der sich erst gestern Nacht vollkommen danebenbenommen hatte und nur wenig Pflichtbewusstsein an den Tag legte.

»Bis dahin ist ja noch ein bisschen Zeit. Mal sehen, wohin es uns sonst noch verschlägt. Irland soll ja auch ganz schön sein«, flötete Frederic und lenkte so geschickt vom Thema ab.

»Ich war erst vor ein paar Monaten für eine längere Zeit in Irland für eine Werbekampagne für einen Butterhersteller.

Das war ziemlich beeindruckend. Allerdings hat das Wetter nicht so recht mitgespielt. Ich werde wohl im nächsten Frühling noch mal hinfahren und mein Glück versuchen«, stieg Ryan gleich auf das Thema ein, als hätte er nur darauf gewartet, seine Erfahrungen über Irland mit uns zu teilen.

Noch während ich darüber nachdachte, wie ich geschickt ein weiteres Mal auf die Babysache überleiten sollte, waren Frederic und Ryan schon ein paar Schritte in Richtung Meer losgelaufen. Also blieb mir nur, zu hoffen, später noch mal in Ruhe auf das vorhergehende Thema zu sprechen zu kommen.

Mina war plötzlich in ein Gespräch mit Lara vertieft, der Besitzerin des B&Bs. Die beiden fachsimpelten über Blumen im Allgemeinen und die hier im Garten wachsenden im Besonderen.

»Magst du uns auf unserem kleinen Spaziergang ein wenig begleiten?«, bot Mina Lara gerade an.

So ein Mist aber auch. Wenn Lara uns begleiten würde, gäbe es keine Möglichkeit, doch noch mal ganz unverfänglich auf das Thema Kinderkriegen umzuschwenken.

»Oh, das klingt nach einer sehr guten Idee. Ich muss meinen Sohn gleich bei der Tagesmutter abholen, aber ein paar Minuten bleiben mir.«

Hatte sie gerade *Sohn* gesagt?

Damit konnte ich arbeiten. Das würde ich mir zunutze machen.

»Das ist eine hervorragende Idee«, pflichtete nun auch ich Mina bei, und wir drei setzten uns augenblicklich ebenfalls in Bewegung.

Die Männer hatten sich schon ein ganzes Stück in Richtung Meer bewegt, aber das kümmerte mich gerade nicht besonders. Wahrscheinlich würde ich sowieso leichter über meine Schwägerin in spe an die Informationen herankommen, auf die ich es abgesehen hatte.

Nur ein wenig Geduld, und ich würde wissen, was Sache war. Vielleicht würde ich dann auch noch mal in Ruhe mit ihr über Frederics Patenwahl sprechen können. Aber alles zu seiner Zeit. Nun hieß es erst mal, mit Bedacht an die Materie heranzugehen, Chancen auszuloten und anschließend dranzubleiben. Alles in entsprechendem Tempo. Bloß nicht zu schnell vorpreschen, aber auch nicht zu zögerlich sein. Sonst hatte ich nur noch das Nachsehen.

»Wie alt ist denn dein Kind?«, fragte ich Lara, um das Thema in Gang zu halten.

»Mein Sohn ist drei. Ein richtiger Wirbelwind, genau wie sein Vater.«

Wir drei lachten. Daraufhin sahen sich sogar Frederic und Ryan über die Schulter zu uns um. Wenn mich nicht alles täuschte, dann wirkten Ryans Züge ein wenig besorgt. Gut so.

»Frederic war früher auch oft wild. Mum war abends oftmals richtig geschafft, wenn wir endlich ins Bett gingen.«

»Das glaube ich sofort. Ich bin auch nicht selten völlig erledigt, wenn ich den kompletten Tag mit deinem Bruder verbracht habe. Versteh mich nicht falsch: Ich liebe ihn wirklich von ganzem Herzen. Aber manchmal hat er einfach so eine Art an sich, dass es mir zu viel mit ihm wird. Wisst ihr, was ich meine?«

Lara und ich nickten verständnisvoll.

»In London haben wir beide unsere Jobs. Da sehen wir uns oft nur abends. Es ist total ungewohnt, ihn jetzt rund um die Uhr um mich zu haben.«

»Wem sagst du das? Ich musste mich auch erst mal dran gewöhnen, mit Cailan zusammenzuarbeiten. Das war eine echte Herausforderung, da Cailan und ich uns noch nicht allzu lange kannten. Aber irgendwie hat es funktioniert. Und ich bereue es nicht. Ich hab sogar mein altes Leben in Deutschland aufgegeben, um mit ihm hier das B&B seiner Familie zu übernehmen.«

»Ach, dann ist das Cottage ein Familienbetrieb?«, hakte Mina nach.

Sogleich unterhielten sich die beiden über die Vor- und Nachteile, die eine solche Arbeitskonstellation bot.

Das Thema *Kinder* war damit leider schon wieder vom Tisch. Ich sah meine Felle davonschwimmen. Auf diese Weise würde ich nicht an mein Ziel gelangen. Also löste ich mich kurzerhand von den beiden Frauen und schloss im

Laufschritt zu Frederic und Ryan an die Spitze unseres Zuges auf.

Deren Unterhaltung endete prompt, sobald ich bei ihnen angekommen war. Äußerst verdächtig.

»Was? Darf ich als Frau nur bei den Frauen mitlaufen, und das, obwohl Frederic und ich miteinander verwandt sind?«

»Hm? Wie kommst du denn jetzt darauf?«, hakte mein Bruder nach und blickte sich dabei ein wenig sorgenvoll zu Mina und Lara um.

»Na ja, kaum komme ich zu euch, da verstummt euer Gespräch, als wolltet ihr mich nicht dabeihaben in eurer illustren Männerrunde.«

Es war ein wenig dick aufgetragen und für meinen Geschmack hatte ich ordentlich auf die Tränendrüse gedrückt. Da ich allerdings endlich wissen wollte, was hier gespielt wurde, blieb ich beharrlich. Das würde sich nämlich schon bald auszahlen. Und dann wusste ich hoffentlich endlich auch, was hier los war.

»Aber das stimmt doch gar nicht«, setzte sich Frederic prompt zur Wehr, dem es offenbar ehrlich leidtat, dass er mir dieses Gefühl vermittelt hatte.

»Du bist in unserem Kreis immer herzlich willkommen«, mischte sich nun auch Ryan ganz im Mr-Darcy-Stil ein.

»Das freut mich über alle Maße zu hören«, stieg ich auf den Jane-Austen-Zug auf.

»Worüber habt ihr euch gerade unterhalten?«, fragte ich nun direkt.

»Ach, über dies und das«, wich Frederic aus, ohne mir dabei in die Augen zu sehen.

Na, das konnte ja noch heiter werden.

»Wir haben überlegt, im nächsten Jahr eine Reise nach Irland zu machen. Alle zusammen. Hättest du Lust, uns zu begleiten?«, fragte Ryan mich mit einer aufgeregten Leidenschaft in der Stimme, die ich gar nicht erwartet hätte.

»Wenn ich es irgendwie mit meinem Job vereinbaren kann, gerne. Irland soll sehr schön sein, habe ich gehört«, erwiderte ich ein wenig perplex, während Ryan mich nach wie vor mit durchdringendem Blick ansah.

Und dann folgte zu meinem Leidwesen ein ewiger Monolog seitens Ryan über seinen Aufenthalt in Irland. Er zählte auf, was er beim nächsten Mal besser machen würde und worauf er sich bereits jetzt freute.

Da er sich dabei regelrecht von seiner eigenen Begeisterung mitreißen ließ, wagten weder Frederic noch ich, ihn zu unterbrechen. Vielmehr dürstete es mich ganz Jane-Austen-mäßig danach, mehr über dieses wundervolle Land zu erfahren.

Besonders die Koboldgeschichten hatten es mir angetan. Als erwachsene Frau sollte ich nicht mehr an diese Sagen für Kinder glauben, aber die Vorstellung, es gäbe da draußen Kobolde, faszinierte mich bis heute.

Dennoch wurde ich zunehmend ungeduldiger, als ich auch hier nicht in Erfahrung bringen konnte, was ich wissen wollte. So langsam hatte ich keinen blassen Schimmer mehr, wie ich meine Mission noch angehen sollte. Frederic auf den Kopf zuzusagen, dass ich glaubte, Mina wäre schwanger, fand ich dann doch eine Spur zu direkt. Die beiden wollten es sicher allen sagen, wenn sie so weit waren. Warum sie dann jedoch ausgerechnet Ryan auswählten, um ihn vorher schon in ihr Vertrauen zu ziehen, ärgerte mich nach wie vor maßlos.

Nachdem wir am Sandstrand des Clachtoll Beach angekommen waren, blieben wir fünf einen Moment stehen und blickten gemeinsam hinaus aufs Meer. Zum ersten Mal stellte sich eine gewisse Ruhe und Zufriedenheit bei mir ein. Endlich.

Es tat gut, am Meer zu sein, die Wellen dabei zu beobachten, wie sie an Land schwappten und sich langsam wieder zurückzogen. Und das alles in einem ewigen Kreislauf, ganz wie das Leben selbst.

»Schön hier, nicht?«, fragte Ryan.

»Sehr schön sogar«, bestätigte ich ihm, ohne ihn gleich anzugiften.

Vielleicht würde ich auf diese Weise herausfinden, was Frederic, Mina und er vor mir verheimlichten.

So standen wir eine Weile einfach nur nebeneinander, ohne etwas zu sagen, und blickten hinaus auf das satte tiefe

Blau, unendliche Weiten und malten uns selbst unsere Bilder, wie es dahinter weiterging.

»Wenn man hier am Clachtoll Beach ist, kann man sich kaum vorstellen, in eine Großstadt zurückzukehren. Vor allem, wenn dort auf dem Dachboden ein Waschbär auf einen wartet.«

»Ein Waschbär?«, hakte ich nach und blickte Ryan dabei ungläubig an.

Er nickte.

»Ja, ganz genau: ein Waschbär«, bestätigte er mir mit den Händen in den Hosentaschen.

»In London ein Waschbär und hier am Clachtoll Beach ein Eichhörnchen … Mensch, Ryan, ich glaube, die Tiere wollen dir etwas sagen«, hob ich an.

Ryan sah mich mit verwunderter Miene an.

»Und was sollte das, deiner Meinung nach, sein?«

»Dass du wieder mehr zurück zur Natur finden sollst, vielleicht. Früher warst du doch ständig als Pfadfinder im Wald unterwegs oder bei Segelkursen im Mittelmeer.«

Auch wenn Ryans Eltern nicht unbedingt die besten Eltern der Welt waren, so waren sie immerhin vermögend und hatten ihrem Sohn alles ermöglicht, was man mit Geld bezahlen konnte. Aber das war leider nicht alles, was ein Kind brauchte, um behütet aufzuwachsen. Ein bisschen mehr Liebe von ihnen hätte ihm nicht geschadet.

Wir hatten zwar nie darüber gesprochen, aber ich konnte ihm bis heute ansehen, wie sehr er unter dem zerrütteten Elternhaus litt, in dem er aufgewachsen war. Es gab Zeiten, da war er mehr bei uns gewesen als bei sich daheim.

Für Mum und Dad war es selbstverständlich gewesen, dass Frederics bester Freund bei uns Unterschlupf fand. Sie mochten Ryan. Wir alle mochten ihn. Jeder auf seine Weise. Also machten sie auch kein Aufhebens darum, wenn er da war.

»Gewagte Theorie!«, fand Ryan und blickte wieder hinaus aufs Meer.

»Wie wäre es mit einem Leben in Schottland?«, schlug ich ihm vor.

»Du willst doch nur, dass ich dir in London nicht mehr über den Weg laufe, wenn du aus New York zurück bist«, scherzte er und lachte mich dabei breit an.

»Im Moment weiß ich noch gar nicht, ob ich überhaupt noch mal zurückkomme«, offenbarte ich ihm.

»Nicht? Hast du dort jemanden? Entschuldige, das geht mich nichts an«, ruderte er eilig zurück.

»Nein, ich habe keinen Freund, wenn du das meinst. Allerdings ist die Arbeit ganz okay, die Kanzlei ist ja sehr angesehen, und New York ist eine Stadt, in der man viel erleben kann.«

»Ach, und in London etwa nicht?«, stichelte Ryan, der Nationalpatriot.

»London ist die Stadt, in der ich geboren und aufgewachsen bin. Da kenne ich gefühlt jeden Stein.«

»Ich finde, du tust der Stadt unrecht. Es gibt dort immer Neues zu erleben. Und das Kulturangebot kann ganz sicher mit dem von New York mithalten«, behauptete Ryan.

»Wenn du so sprichst, habe ich fast das Gefühl, dass du nicht möchtest, dass ich weiterhin in den Staaten bleibe«, wagte ich einen Vorstoß, der Ryans Gesichtsfarbe augenblicklich um einige Nuancen vertiefte.

Um Klartext zu sprechen: Eine überreife Tomate erblasste neben seinem Teint.

»Ich habe nur für London als Wohnort plädiert. Das ist alles.«

Süß, wie er um die richtigen Worte rang.

Wieder musste ich an Tante Adelaides Verdacht denken.

War es denn möglich, dass Ryan auch etwas für mich empfand und seine Gefühle nur hinter dem Deckmantel der Zwistigkeiten vor mir verbarg?

Als Tante Adelaide heute Morgen im Brautladen die Behauptung aufgestellt hatte, war ich im ersten Moment der vollen Überzeugung gewesen, sie müsste mit ihrer Annahme meilenweit danebenliegen. Aber nun, da ich so darüber nachdachte …

»So, so«, erwiderte ich und kam doch nicht umhin, mir Gedanken darüber zu machen, was wäre, wenn auch Ryan Gefühle für mich hegte.

Würde ich dann wieder zurück nach New York fliegen und weiterhin dort leben wollen? Vermutlich nicht. Aber wie sollte das mit uns beiden überhaupt funktionieren? Wir konnten schon jetzt kaum einen Satz miteinander wechseln, ohne uns an die Kehle zu gehen.

Wobei wir uns hier vor der Kulisse des malerischen Clachtoll Beach im Moment beide ganz gut im Griff hatten. Das musste am Meer liegen. Die Seeluft beruhigte offenbar die Nerven. Womöglich wäre es doch keine allzu schlechte Idee, alles hinter mir zu lassen und hier oder irgendwo sonst am Meer noch mal ganz von vorn zu beginnen.

Was hielt mich denn schon in New York?

Die Arbeit war wirklich okay, auch wenn mein Chef Ernest manchmal allzu hartnäckig darauf beharrte, kein anderes Leben neben der Kanzlei zu dulden. Aber in meiner Zeit in London hatte ich noch ganz andere Arbeitgeber erlebt. Allerdings war meine Anwaltstätigkeit nicht so erfüllend, wie Mrs Hazelwood von ihrer Tanzerei schwärmte.

Vielleicht hatte sie sogar damit recht, dass ich es mal mit dem Tanzen versuchen sollte. Allerdings bräuchte ich dann erst mal eine fundierte Ausbildung. Wie sollte ich das finanzieren? Und danach?

Es gab sicher viele begabte Tänzer und Tänzerinnen, die keinen Job fanden, obwohl sie sehr gut waren und ihre Leidenschaft gerne zum Beruf machen würden. Wer war ich denn, dass ich glaubte, sie übertrumpfen zu können?

Doch nur Wunschdenken? Eine fixe Idee, weil ich mein eigenes Leben so nicht mehr schön fand?

»Worüber denkst du nach?«, fragte Ryan und sah mich besorgt von der Seite an.

»Ach, ich musste nur gerade an Mrs Hazelwoods Worte von vorhin denken. Ich meine, natürlich bin ich keine Tänzerin, aber will ich wirklich ewig als Anwältin arbeiten? Versteh mich nicht falsch: Der Job macht mir Spaß, aber ist er auch meine Erfüllung?«

Ryan schwieg eine ganze Weile, ehe er mir antwortete.

»Ich denke, man sollte sich im Leben immer fragen, ob man das, was man gerade macht, mit Leidenschaft tut. Klar, man braucht einen gefüllten Kühlschrank, die Miete muss, ebenso wie der Strom, bezahlt werden. Das versteht sich von allein. Und dennoch hat man doch nur diese eine Chance, während man hier auf der Erde ist, all das aus dem Leben herauszuholen, was man möchte.«

Dann sah er mich mit leicht gefurchter Stirn eindringlich an.

»Ich finde, du solltest es wenigstens versuchen. Und einen Job als Rechtsanwältin würdest du ohnehin schnell wieder bekommen. Du fällst nicht gleich ins Bodenlose, wenn du dir mal eine Auszeit nehmen und andere Dinge probieren würdest.« Mit seinen Überlegungen ermutigte er mich, diesen Weg zu gehen, von dem ich bis zu Mrs Hazelwoods

Tanzstunde noch gar nicht wusste, dass ich ihn für mich ins Auge gefasst hatte.

»Meinst du wirklich?«

Ryan nickte.

»So, ihr beiden, wer zuerst im Wasser ist«, rief Frederic übermütig, zog die Schuhe aus und stürmte bereits auf die Wellen zu.

Ryan überlegte nicht lange, zog ebenfalls seine Schuhe aus und rannte ihm ausgelassen wie ein zwölfjähriger Junge hinterher. Die beiden würden wohl nie erwachsen werden.

Warum auch? Sie kamen auch so wunderbar zurecht. Und irgendwie erwartete man von Männern auch überhaupt nicht, dass sie je erwachsen wurden. Es wurde ihnen sogar als sympathischer Charakterzug ausgelegt, wenn sie auch im Erwachsenenalter noch verspielt waren.

Vielleicht sollte ich mir doch das ein oder andere Mal ein Beispiel an ihnen nehmen, überlegte ich, auch wenn ich es Frederic und Ryan gegenüber nie offen zugegeben hätte.

»Die beiden werden wohl nie erwachsen«, meinte nun auch Mina in meine Richtung, während Lara lachte.

»Nein, nie«, bestätigte ich ihr und war fast ein wenig neidisch auf die Ausgelassenheit der beiden.

»Wäre Cailan hier, hätte er sich den Spaß sicher nicht entgehen lassen. Mich kriegen da keine zehn Pferde rein. Das Wasser ist einfach zu kalt. Was das betrifft, komme ich nur schwerlich aus meiner Haut und gebe meinen Eltern Schuld daran. Anstatt im Sommer mit mir in den Süden ins Warme zu fahren, hätten sie mich im Norden, in den skandinavischen Ländern, auf mein Leben hier in Schottland vorbereiten müssen.«

Nun lachten wir drei, während die Männer grölend ins Wasser liefen und den Anschein erweckten, das Wasser hätte angenehme fünfundzwanzig Grad.

Nachdem sie ihren Spaß gehabt hatten, kamen sie wieder ans Ufer, und Lara verabschiedete sich, um ihren Sohn abzuholen. Frederic, Ryan, Mina und ich liefen gemeinsam zurück zum Cottage, erzählten viel von früher, lachten und erinnerten uns an Dinge, von denen ich glaubte, sie schon längst vergessen zu haben.

»Weißt du noch, Hailey, als du deine Puppe damals tropfnass und total zerzaust neben dem Sandkasten gefunden hast?« Frederic klang jetzt, als würde er mir gleich ein Geständnis machen.

»Natürlich erinnere ich mich an Babette. Sie war meine Lieblingspuppe. Bis heute bin ich der Überzeugung, dass ich sie nicht am Sandkasten vergessen habe, so, wie alle es behauptet haben.«

Frederic sah reumütig zu mir.

»Um ehrlich zu sein, hatte ich deine Puppe benutzt, um ein wissenschaftliches Experiment mit ihr durchzuführen. Dabei hat sie auch Tauchgänge in unserem Teich durchstehen müssen, was sie aber leider gar nicht so gut weggesteckt hat, wie ich mir erhofft hatte.«

»Machst du Babette jetzt etwa auch noch einen Vorwurf?«

Zunächst lachten Ryan und Mina bei meinem Einwand. Dabei war besonders Ryan anzusehen, wie froh er darüber war, mal nicht derjenige zu sein, der sich mit mir in den Haaren lag. Dann begannen auch Frederic und ich zu lachen. Unbeschwert. So wie früher als Kinder.

»Was haltet ihr davon, wenn wir morgen einen kleinen Ausflug machen?«, schlug Mina vor.

»Woran hast du gedacht?«, hakte ich nach.

»Ich würde mir gerne die Fairy Pools auf der Isle of Skye anschauen«, erklärte sie mit bittender Miene in Frederics Richtung.

Doch der schien das Ganze zu meiner Überraschung ziemlich entspannt zu sehen. Offenbar hatte er die verkrampften Sorgen rund um die Hochzeit tatsächlich abgelegt. Oder aber es gab einen anderen Grund, der ihn belastet hatte. Eine Schwangerschaft womöglich?

Aber würde eine Schwangerschaft einen Arzt tatsächlich verunsichern? Das ergab keinen Sinn. Vielleicht gab es Komplikationen, von denen die beiden niemandem etwas erzählen wollten. Würden sie währenddessen dann jedoch einen so großen Kraftakt wie eine Hochzeit stemmen?

»Von mir aus gerne«, meinte mein Bruder spontan.

»Ich wäre auch dabei«, sagte Ryan.

»Also gut«, stimmte schließlich auch ich zu, weil ich nicht als Spaßbremse gelten wollte.

Mit einem »Prima. Wir holen euch morgen früh um sechs Uhr ab« waren Frederic und Mina bereits auf dem Sprung zum Auto, nachdem sie sich von uns verabschiedet hatten.

»Sechs Uhr?«, hakte ich ungläubig nach.

»Ja, es sind fast vier Stunden Fahrt. Aber es wird lustig. Wirst sehen«, behauptete meine Schwägerin in spe und stieg in den Wagen, den Frederic sogleich geschickt vom Parkplatz manövrierte.

»Das ist verdammt früh«, stellte nun auch Ryan fest.

»Tja, da wirst du wohl oder übel mal ein wenig zeitiger aus deinem Bett herauskommen müssen«, ätzte ich prompt, nachdem wir uns zuletzt am Clachtoll Beach doch eigentlich ganz gut verstanden hatten.

Ich konnte es einfach nicht lassen. Vor allem nicht, da er nach wie vor etwas vor mir verheimlichte. Etwas, von dem ich mir ziemlich sicher war, dass Mina, Frederic und er es wussten. Nur ich nicht.

»Ist ja gut. Ich werde es schaffen. Am besten, ich gehe gleich ins Bett«, erwiderte Ryan ein wenig verschnupft.

Als er bereits auf dem Weg ins Cottage war, schwor ich mir, selbst herauszufinden, was das große Geheimnis war, von dem ich nichts wissen durfte. Ich würde schon einen Weg finden.

Kapitel 14

Ryan

»Du solltest Hailey erzählen, was du mir erzählt hast«, wagte ich einen Vorstoß, kaum dass wir vier den Wagen nach knapp vierstündiger Fahrt auf dem von den forstwirtschaftlichen Betrieben ausgewiesenen Parkplatz verlassen hatten und die Frauen geradewegs zur Toilette gegangen waren.

»Das kann ich nicht machen, Ryan. Ich hätte es auch dir nicht erzählen dürfen. Mina wollte nicht, dass überhaupt jemand davon erfährt. Aber irgendwie musste ich mich jemandem anvertrauen.«

»Und ich kann darüber auch schweigen wie ein Grab. Zumindest dann, wenn Hailey mir nicht weiter zusetzt. Sie nimmt es mir ziemlich übel, dass ich etwas weiß, was du ihr nicht gesagt hast, und malt sich jetzt die kuriosesten Sachen aus.«

Frederic nickte.

»Ja, ich hab schon mitbekommen, dass sie vermutet, Mina wäre schwanger. Sie hat mir davon erzählt. Allerdings kam gestern die Entwarnung, was Minas Geschwulst in der Brust anbelangt. Wir sind gerade unendlich glücklich darüber, dass es nur falscher Alarm war und wir uns jetzt einfach auf die Hochzeit freuen können.«

Die Erleichterung gönnte ich meinem besten Freund und seiner Zukünftigen von ganzem Herzen. Allerdings belastete mich die Tatsache, vor Hailey – neben meiner vermeintlichen Freundin, die es gar nicht gab – noch ein weiteres Geheimnis zu haben, das ich ihr nicht offenbaren konnte, ohne dabei Frederic und Mina vor den Kopf zu stoßen.

»Na, ihr zwei! Habt ihr uns schon vermisst?«, rief Hailey uns entgegen, die in ihrem kurzen Jeanskleid, mit der schwarzen Sonnenbrille auf der Nase und dem roten Lippenstift auf den Lippen einfach zum Anbeißen aussah.

Mina lächelte neben ihrer zukünftigen Schwägerin und machte ebenfalls einen gelösten und glücklichen Eindruck auf mich.

»Selbstverständlich«, erwiderte Frederic, nahm Mina in den Arm und küsste sie leidenschaftlich auf den Mund.

Für den Wimpernschlag eines Augenblicks gab ich mich der Fantasie hin, Hailey ebenfalls küssen zu können, sie in meinen Armen zu halten und ihr dabei ganz nah zu sein. Ähnlich wie beim Tanzen, jedoch lag das Hauptaugenmerk auf unseren Lippen.

»Ryan? Kommst du?«

Als Frederics Stimme zu mir durchdrang, wurde mir klar, dass ich gerade sehr intensiv vor mich hingeträumt und dabei alles um mich herum ausgeblendet hatte.

»Ja, natürlich. Entschuldigt, ich war … in Gedanken«, erklärte ich und fuhr mir dabei ein wenig verlegen durchs Haar.

»Sicher bei Naomi«, neckte mich Hailey keck, schob sich die Sonnenbrille nach oben ins Haar und zwinkerte mir vielsagend zu.

Abermals bereute ich es zutiefst, mir die kleine Notlüge mit meiner Arbeitskollegin ausgedacht zu haben. Denn nun würde ich mir ständig solche Seitenhiebe von Hailey anhören müssen.

Wie lange war es noch gleich bis zur Hochzeit?

Wenn das so weiterging, würde ich unter einem Vorwand nach London fahren müssen, um dann erst kurz vor den Feierlichkeiten zurück zu sein.

Vielleicht wäre das ohnehin eine gute Idee. Auf diese Weise würde ich Haileys anklagendem Blick nicht mehr ausgesetzt sein und könnte ein wenig zur Ruhe kommen. Auch, was meine gefährlichen Gefühle anbelangte, brauchte ich dringend eine Auszeit. Denn je näher ich meiner Traumfrau kam, desto schwerer wurde es für mich, der Versuchung zu widerstehen.

»Können wir dann los?«, stichelte ich nun zur Abwechslung, da ich nicht länger herumstehen und mich Haileys Anfeindungen aussetzen wollte.

»Ich bin schon wahnsinnig gespannt«, meinte Mina, als wir uns auf den schmalen, mit Kies ausgelegten Wanderweg machten, der uns zu den Fairy Pools führen sollte.

»Die Fairy Pools bestehen aus unterschiedlich großen Wasserbecken und werden von einem kleinen Bach und einzelnen Wasserfällen gespeist«, erklärte sie uns mit einem vorfreudigen Grinsen im Gesicht. Mina schien sich sehr auf das Naturspektakel zu freuen.

Was man von mir nicht unbedingt behaupten konnte. Aber das mochte vielmehr an der Gesamtsituation liegen als an den Fairy Pools an sich.

»Außerdem sollen dort Feen leben«, behauptete Hailey, die sich offenbar, ganz im Gegensatz zu mir, ebenfalls auf den Ausflug vorbereitet hatte.

»Daher dann wohl auch der Name«, erwiderte ich neunmalklug.

Dabei wusste ich doch, dass ich besser die Klappe gehalten hätte. Aber manchmal konnte ich eben nur schwer aus meiner Haut. Vor allem dann nicht, wenn ich mal wieder mit Hailey im Clinch lag. Was zu meinem Leidwesen in letzter Zeit eher ein Dauerzustand als die Ausnahme geworden war.

Hailey verdrehte bei meinem Kommentar genervt die Augen und stürmte an mir vorbei an die Spitze unseres kleinen Wandertrupps, ohne abzuwarten, ob wir ihr folgen würden.

»Hast du mal versucht, nett zu ihr zu sein?«, fragte Mina, die neben mir herlief, während Frederic sich bemühte, seine Schwester einzuholen.

»Ein Mal? Hunderte Male! Aber Hailey und ich, wir sind wie Feuer und Wasser. Egal, was der eine sagt oder tut, der andere findet es doof. Inzwischen hab ich mich daran gewöhnt. Auch wenn ich zugeben muss, dass ich es gerade sehr kräftezehrend finde«, gestand ich Mina gegenüber offen ein.

»Kann es sein, Ryan – und du musst mir auf die Frage nicht antworten, wenn du nicht möchtest –, dass du Hailey womöglich besser leiden kannst, als du uns glauben lässt?«

Bei Minas Worten hielt ich in der Bewegung inne.

»Wie kommst du denn darauf?«, hakte ich nach.

Mina zuckte mit den Schultern, während Hailey und Frederic gefühlt schon meilenweit von uns entfernt waren. Auf diese Weise hatten sie zumindest nicht mitanhören können, was Mina soeben gesagt hatte.

Eine gewisse Erleichterung flutete meine Blutbahnen. Aber Entwarnung konnte ich noch nicht geben. Schließlich stand Minas Frage nach wie vor zwischen uns. Und auch wenn sie behauptete, keine Antwort zu erwarten, war ich anderer Ansicht.

»Tante Adelaides Worte bei dem Abendessen vor Kurzem haben mich zum Nachdenken angeregt. Vor allem musste ich an eine Redensart denken, von der mir unser deutsches Au Pair erzählt hat.«

»Die da wäre?«, hakte ich neugierig nach.

Mina lächelte ein wenig verlegen.

»Über den genauen Wortlaut bin ich mir leider nicht mehr ganz im Klaren. Entweder hieß sie: *Was sich neckt, das liebt sich oder Was sich liebt, das neckt sich.* Im Grunde ist der Inhalt aber ziemlich gleich, egal, wie herum man es sagt.«

»Dann bist du also der Ansicht, Hailey und ich könnten mehr füreinander übrighaben, als das nach außen hin den Anschein macht? Oder gilt deine Redensart nur einseitig?«, vergewisserte ich mich.

»Nein, du hast vollkommen recht. Es gilt für beide«, bestätigte mir Mina.

»Heißt das im Umkehrschluss, dass du Hailey bereits mit diesem Sprichwort konfrontiert hast?«

Nun seufzte Mina.

Dachte ich es mir doch.

Vermutlich hatte sie geglaubt, ich wäre einfacher davon zu überzeugen, ihr mein Herz auszuschütten, als das bei Hailey der Fall war. Aber ich würde einen Teufel tun und mich hier um Kopf und Kragen reden.

»Ich denke, es ist besser, wenn ich es dabei belasse«, lenkte sie schließlich schmunzelnd ein.

Wenn sie erwartete, dass ich ihr darauf etwas antwortete, musste ich sie enttäuschen. Stattdessen legte ich noch einen

Gang zu und schloss wenige Augenblicke später zu Frederic auf, der nicht mit Hailey Schritt halten konnte.

»Hailey ist so ein Dickkopf. Der Mann, der die mal abbekommt, tut mir jetzt schon leid«, schimpfte er mit hochrotem Gesicht und starrem, nach vorn gerichtetem Blick.

»Ich kann dich hören, Bruderherz«, kommentierte Hailey von weiter vorn und klang dabei eingeschnappt.

Mit »Was ist passiert?« stellte ich eine Frage, bei der ich mir noch nicht ganz klar war, ob sie mir gleich leidtun würde und ich sie besser unausgesprochen gelassen hätte.

»Als meine Schwester wie von der Tarantel gestochen losgerannt ist, dachte ich, ich könnte sie irgendwie besänftigen. Aber als ich auch nur versucht habe, die Wogen zwischen euch beiden zu glätten, hat sie mir vorgeworfen, ohnehin immer für dich Partei zu ergreifen und dir mehr zu vertrauen als ihr.«

Oha! Daher wehte der Wind. Hailey war nach wie vor sauer darüber, dass wir ihr nicht offenbart hatten, welches Geheimnis wir miteinander teilten. Und wie ich sie kannte, würde sie keine Ruhe geben, ehe sie herausbekommen hatte, worum es dabei ging.

Insofern musste ich Frederic zustimmen: Der Mann, der sich mal auf ewig an Hailey binden würde, war bedauernswert.

Und auch wenn ich mir dieser Tatsache hinreichend bewusst war, wäre ich sehr gerne genau dieser Mann, der sich der Herausforderung stellen durfte. Aber das konnte ich Frederic gegenüber schlecht zugeben. Nicht, ohne Gefahr zu laufen, dass er mich postwendend meines Amtes als best man und zudem noch als bester Freund enthob.

Schließlich hatte er mir schon einmal sehr deutlich klargemacht, dass ich meine Finger von seiner Schwester lassen sollte. Damals hatte er mich eindringlich vor den Folgen gewarnt und mir die Grenzen aufgezeigt, die ich besser nicht überschreiten sollte.

All das war mir bewusst. Und dennoch konnte ich mein Herz nicht davon überzeugen, einen normalen Takt anzuschlagen, wenn ich in Haileys Nähe war. Es machte fast den Anschein, als würde es stattdessen lieber dreimal so schnell davongaloppieren.

Ich sah Frederic eindringlich an und versuchte ihm auf diese Weise zu verdeutlichen, dass er in Ruhe mit Hailey über alles reden sollte. Auch wenn ich ihre aufbrausende Art manchmal überzogen fand, musste ich ihr in diesem speziellen Fall recht geben.

Seufzend blickte Frederic erst zu mir und dann zu seiner Schwester, ehe er sich einen Ruck gab und zu ihr aufschloss.

»Gibt es Ärger?«, fragte Mina, die mich wieder eingeholt hatte, mit besorgter Miene.

»Wann gibt es den nicht?«, stellte ich ihr eine Gegenfrage.

Da mussten wir beide lachen.

»Auch auf die Gefahr hin, mich zu wiederholen: Hailey und du, ihr würdet ein sehr schönes Paar abgeben. Das meint übrigens sogar Frederic.«

Bei Minas letztem Satz hielt ich in der Bewegung inne.

»Wie meinst du das?«, hakte ich ungläubig nach.

»So, wie ich es sage. Ihr passt schon rein äußerlich so gut zusammen, ihr beide strahlt dieses besondere Etwas aus und …«

»Nein, das meinte ich nicht«, unterbrach ich sie unwirsch, woraufhin sie mich mit leicht zusammengekniffenen Augen und schief gelegtem Kopf fragend ansah.

»Frederic ist der Meinung, Hailey und ich würden gut zusammenpassen?«, fragte ich nun direkt nach.

»Aber ja doch. Wusstest du das denn nicht? Was glaubst du denn, weshalb er dich den Tanzkurs mit ihr machen lässt und euch beide allein am Clachtoll Beach einquartiert hat? Zufall? Bei einem Mann, der für seine eigene Hochzeit alles minutiös genau geplant hat?«

Während Mina mir das sagte, warf ich einen Blick nach vorn und atmete erleichtert auf. Hailey und Frederic waren so sehr in ihr eigenes Gespräch vertieft, dass sie von all dem, was Mina und ich sprachen, nichts mitbekamen.

Dann schüttelte ich meinen Kopf und versuchte Minas Worte in mein Bewusstsein einrieseln zu lassen.

Könnte es denn wirklich sein? Bisher war ich immer davon ausgegangen, dass Frederics Meinung hinsichtlich Hailey und mir sich seit unseren Teenagertagen nicht mehr geändert hätte. Ich war sogar überzeugt davon, dass er zutiefst wütend werden würde, wenn ich auch nur den Versuch starten würde, bei seiner Schwester zu landen.

Und nun offenbarte mir Mina ganz nebenbei, dass Frederic hier in Schottland alles darauf anlegte, Hailey und mich zu verkuppeln? Das war doch irrsinnig.

»Und du bist dir da ganz sicher?«

Am liebsten wollte ich Mina jetzt und auf der Stelle jedes Wort glauben. Aber ich hatte viel zu lange mit dem Gedanken im Kopf gelebt, wie Frederic mir einschärfte, meine Finger von seiner kleinen Schwester zu lassen. Demzufolge konnte ich nicht einfach einen Schalter umlegen.

»Ganz sicher sogar. Auch dieser Ausflug sollte euch näher zueinander bringen.«

»Wie das?«

Mina räusperte sich verlegen.

»Frederic wollte nach der Besichtigung der Fairy Pools mit mir zum Wagen zurückeilen und euch hier zurücklassen.«

»Was?«

»Nur für kurze Zeit. So, dass ihr mal ganz in Ruhe miteinander reden und euch nicht immer irgendwohin flüchten könnt. Aber du darfst Frederic auf gar keinen Fall erzählen, dass ich dir das verraten habe. Ich befürchte, das würde er mir nicht so schnell verzeihen. Allerdings …«

»Allerdings?«

Sie seufzte.

»Allerdings fand ich es wichtig, es dir zu sagen. Mittlerweile bin ich nämlich Frederics Meinung. Anfangs dachte ich noch, es wäre falsch, euch miteinander verkuppeln zu wollen, wo ihr euch doch kaum bis gar nicht versteht. Aber inzwischen bin ich der Überzeugung, dass ihr euch nur nicht traut, euch gegenseitig eure Gefühle zu offenbaren.«

»Wie kommst du denn darauf?«

»Nachdem Tante Adelaide ihre Vermutung geäußert hat, habe ich euch beobachtet. Und inzwischen bin ich ganz Frederics Ansicht. Ihr versucht eure Gefühle füreinander zu unterdrücken. Aus welchem Grund auch immer. Aber das solltet ihr nicht tun.«

Ich öffnete den Mund, wie um etwas darauf zu erwidern, schloss ihn dann jedoch unverrichteter Dinge wieder.

Eine Gruppe Wanderer zog an uns vorbei, lachte, unterhielt sich und schien ganz ausgelassener Stimmung, während sich in meinem Kopf plötzlich alles zu drehen begann.

»Und du bist dir ganz sicher, dass es Frederic war, der das zu dir gesagt hat?«

Nach wie vor konnte ich nicht glauben, dass mein bester Freund alles daransetzte, aus mir und seiner kleinen Schwester ein Paar werden zu lassen, während ich in all den Jahren glaubte, er würde mich einen Kopf kürzer machen, wenn ich auch nur den Versuch starten würde, Hailey näherzukommen.

»Ganz sicher«, bestätigte mir Mina abermals und nickte mir dabei bekräftigend zu.

Sie musste denken, ich hätte nicht mehr alle Tassen im Schrank, so oft, wie ich sie das jetzt schon gefragt hatte. Aber allein die Vorstellung, mein bester Freund könnte all diese Anstrengungen unternommen haben, um mich und seine kleine Schwester zusammenzubringen, war vollkommen unglaublich für mich.

Hailey war in all den Jahren, in denen ich mich in keine andere Frau verlieben konnte, tabu für mich gewesen. Und nun sollte das alles anders sein?

Mein komplettes Weltbild änderte sich gerade von einem Augenblick auf den nächsten. Wenn mir jetzt noch jemand sagte, die Welt wäre gar keine Kugel, sondern eine Scheibe, hätte mich das nicht weniger aus der Bahn werfen können.

»Wo bleibt ihr denn?«

Frederic und Hailey hatten erst jetzt bemerkt, dass wir stehen geblieben waren. Die Wandergruppe hatte sie gerade passiert.

»Wir kommen«, rief ich eilig, um mich der verstörenden Situation zu entziehen.

Auf diese Weise würde ich die Gelegenheit haben, mir noch mal in Ruhe alles durch den Kopf gehen zu lassen. Denn auch wenn Minas Worte bei mir angekommen waren, konnte ich sie nach wie vor nicht glauben. Zu abwegig war das, was sie mir gesagt hatte. Zu verschieden von dem, was ich all die Jahre geglaubt hatte.

Es würde einen Moment – oder auch zwei – dauern, bis diese neue Weltsicht in mein Bewusstsein vorgedrungen war und ich begriff, was sich verändert hatte.

»Da vorne sind sie schon.« Hailey deutete freudig auf einen Felsvorsprung.

»Was denn genau?«

Nach wie vor stand ich ein wenig neben mir. Es gelang mir nicht, meinen Kopf davon abzuhalten, über das Gespräch mit Mina nachzugrübeln, während ich mich besser auf das Hier und Jetzt konzentriert hätte.

»Na, die Fairy Pools, du Schnarchnase«, erwiderte Hailey und schüttelte ungläubig ihren Kopf.

Auch wenn ich es ihr gegenüber nie offen zugegeben hätte, aber es war durchaus eine Erleichterung, dass Hailey nach wie vor Hailey war. Sie spielte mir nichts vor. Oder? Hatte Tante Adelaide am Ende womöglich doch recht?

»Ach, die. Sag das doch gleich, ohne dieses heitere Rätselraten. Wir sind hier schließlich nicht bei *Jeopardy*«, blaffte ich sie an und fühlte mich dabei so erleichtert, als wäre ich soeben nach Hause gekommen.

Zum Glück änderten sich manche Dinge nie. Oder zumindest nicht so schnell.

»Wenn ihr beide euren Streit beigelegt habt, würden Mina und ich ganz gerne mit euch bis zu den Fairy Pools laufen.«

Frederic klang genervt von der Tatsache, dass wir uns schon wieder stritten.

Wenn der wüsste, wie sehr mich nervte, dass er mich hinterrücks zu verkuppeln versuchte, anstatt mit mir in all den Jahren auch nur ein einziges Mal Tacheles zu reden. Aber in dieser Hinsicht würde ich ihn noch zur Rede stellen. Nicht heute. Dafür war das hier weder der richtige Zeitpunkt noch der richtige Ort. Aber bald. Schon sehr bald sogar.

»Wow! Einfach nur wow!«, fasste Hailey den ersten Eindruck der Fairy Pools treffend zusammen.

»Das ist ziemlich … beeindruckend«, meinte nun auch Frederic, der sich erst ausgiebig umsah, ehe er ein Urteil fällte.

Die beiden Geschwister waren so grundverschieden. Und dennoch liebte ich jeden von ihnen auf meine Weise.

»Wie wunderschön!«, entfuhr es nun auch Mina, die sich vor mich gestellt hatte, um ebenfalls etwas von dem Naturschauspiel zu sehen.

Und auch wenn ich Frederics Worte wiederholte, die Fairy Pools waren tatsächlich beeindruckend. Wie sich das Wasser aus den einzelnen Wasserfällen in das Becken ergoss, hatte etwas zutiefst Magisches an sich. Ganz so, als hätte sich ein Maler einst an den Rand gesetzt und sich hier mit seinen Bildern verewigt.

»Du sagst ja gar nichts«, bemerkte Hailey nach einer Weile.

»Ich genieße das Naturschauspiel«, erklärte ich ihr, ohne den Blick von den Fairy Pools abzuwenden.

»Hätte ich dir gar nicht zugetraut«, stichelte Hailey prompt.

Nun sah ich doch zu ihr hinüber.

»Was?«, hakte ich nach.

»Dass dir so etwas gefallen könnte.«

Dabei deutete sie auf die Wasserfälle, als wäre sonst womöglich unklar, worüber sie sprach.

»Wie kommst du darauf?«

Hailey zuckte mit den Schultern.

»Na ja, bei dir habe ich immer das Gefühl, etwas müsste größer, besser, schneller und einfach rundweg atemberaubend sein, damit es deine Aufmerksamkeit auf sich zieht«, erklärte Hailey und machte auf einmal einen nachdenklichen Eindruck.

»Ja? Ist das so?«

»Vielleicht kenne ich dich aber auch einfach nicht so gut. Es ist lange her, dass wir uns normal unterhalten haben«, sagte sie mit einer gewissen Traurigkeit in der Stimme.

Ganz so, als würde sie die Zeit vermissen, in der wir uns nähergestanden hatten. Wie damals, als wir gemeinsam im Kino waren und ich all meine Kräfte aufbringen musste, Hailey nicht zu küssen.

Was gäbe ich nur darum, wenn ich genau diesen Moment noch einmal erleben könnte?

»Was hältst du davon, wenn wir mal wieder ins Kino gehen?«, fragte ich Hailey unumwunden, woraufhin Frederic mich schief von der Seite anblickte, ehe er zu Mina sah, die ihm nickend zu verstehen gab, dass ich alles wüsste.

»Ins Kino?«

Hailey stand wie vom Donner gerührt da.

Die Fairy Pools, um die sich nun eine Vielzahl Besucher scharten, schienen in Vergessenheit zu geraten. Es war schon fast blasphemisch, diesem göttlichen Ort nicht zu huldigen und stattdessen über das Kino zu sprechen.

Dennoch konnte ich keine Sekunde mehr verstreichen lassen, ohne zu wissen, wie es um Haileys Gefühle für mich stand. Ich brauchte Gewissheit wie andere die Luft zum Atmen. Es gab keinen Weg zurück mehr. Nie wieder.

»Was ist mit Naomi?«, fragte Hailey.

»Wir haben uns getrennt«, erklärte ich ihr und spürte die Erleichterung in ihrem Blick.

Aber nicht nur in ihrem. Auch Frederic schien erleichtert darüber zu sein, dass ich meine ausgedachte Freundin nicht mehr hatte. Ganz so, als hätte er nur darauf gewartet. Oder wusste er am Ende sogar, dass ich sowieso nie eine Freundin namens Naomi hatte? Schließlich kannte er mich besser als jeder andere Mensch auf diesem Planeten.

»Das tut mir sehr leid«, murmelte Hailey mit einer gewissen Bestürzung im Blick.

»Es hat nicht sollen sein. Und wenn ich ehrlich bin, dann hätte ich es schon zu Beginn wissen müssen.«

Fragend sah Hailey mich an. Doch ich wollte ihr noch nicht offenbaren, dass es in meinem Leben immer nur eine Frau gegeben hatte. Erst musste ich mir ganz sicher sein. Denn ein falscher Schritt, und es gab keinen Weg mehr zurück.

»Ja«, meinte Hailey plötzlich aus dem Nichts heraus.

»Ja, ich will mit dir ins Kino gehen«, ergänzte sie schließlich, als sie meinen fragenden Blick aufschnappte.

Ein Lächeln zog meine Mundwinkel nach oben.

»Seid ihr sicher, dass ihr das den anderen Kinogästen antun wollt? Ich meine, ihr haltet es doch keine neunzig Minuten nebeneinander aus, ohne euch zu streiten«, warf Frederic ein.

»Wir werden es testen«, erwiderte ich noch immer lächelnd, woraufhin mich auch Hailey verlegen anlächelte.

»Und zur Not bewerfen wir uns statt mit Worten eben mit Popcorn«, schlug diese ganz in alter Manier vor, woraufhin wir alle vier laut lachten.

So laut, dass sich die übrigen Besucher der Fairy Pools ein wenig in ihrem magischen Erlebnis gestört fühlten. Also knipsten auch wir eifrig Bilder mit und ohne uns darauf, fragten einen der Wanderer, ob er ein Gemeinschaftsbild von uns vieren mit meinem Handy machen könnte, und gingen dann über den steinigen Weg zurück zum Wagen.

»Frederic, ich bleibe besser bei dir«, befand ich, als ich bemerkte, dass er sich mit Mina von Hailey und mir abzusetzen versuchte.

Dieser sah abermals zu seiner Zukünftigen, doch die gab sich ganz in ein Gespräch mit Hailey vertieft und beachtete ihn gar nicht.

»Wieso denn das?«, hakte dieser ein wenig verunsichert nach.

»Na, um dir im Notfall beizustehen. Es wäre doch echt schade, wenn du dir nur wenige Tage vor der Hochzeit das Bein verdrehen oder unschön fallen würdest«, bemühte ich eine Lüge, um nicht preisgeben zu müssen, was Mina mir offenbart hatte.

»Nun, das wäre tatsächlich sehr unschön. Da muss ich dir recht geben. Auf Krücken möchte ich eher ungern auf meiner eigenen Feier tanzen.«

Frederic zeigte sich einsichtig. Und ich hatte ihn somit so gut im Blick, dass er nicht einfach mit Mina davonfahren und Hailey und mich hier am Besucherparkplatz der Fairy Pools zurücklassen konnte. Win-win, wenn man so wollte.

»Können wir dann?«, fragte Frederic ein wenig genervt in Richtung der Frauen, als ein ganzer Bus mit Touristen ankam.

Freudig strahlend eilten sie in Richtung des Naturschauspiels, von dem wir soeben zurückgekehrt waren.

»Kann es sein, dass da jemand Hunger hat?«, fragte ihn Mina und lächelte wissend.

Hailey und ich tauschten Blicke.

Schlagartig erinnerte ich mich wieder daran, wie ich mich erst vor ein paar Tagen mit Hailey darüber gezankt hatte, dass sie nicht sie selbst war, wenn sie Hunger hatte. Hailey schienen ganz ähnliche Gedanken durch den Kopf zu gehen. Vielleicht schweiften ihre Überlegungen sogar ebenfalls zu dem kleinen Eichhörnchen, bei dessen Anblick sie mir unterstellt hatte, es bei nächster Gelegenheit verspeisen zu wollen.

Plötzlich konnte ich nicht länger an mich halten und prustete vor Lachen. Hailey sah mich zunächst irritiert an, ehe sie selbst aus vollem Herzen zu lachen begann. So standen wir da, lachten, bis uns die Bäuche wehtaten, während Mina und Frederic nicht verstanden, was hier vor sich ging.

»Wir sollten jetzt besser fahren«, meinte Hailey, nachdem sie sich ein wenig gefasst hatte, und zwinkerte mir dabei verschwörerisch zu.

»Wieso denn das? Hast du auch Hunger?«, fragte Frederic.

»Nein, aber man kann nie wissen, was Ryan sich zum Mittagessen schnappt, wenn er hungrig wird. Ich sage nur: Chap.«

»Chip«, korrigierte ich mit fester Stimme.

»Worum genau geht es hier denn?«, hakte Frederic nach, während Mina sich zurückhielt.

»Ums Prinzip«, blieb Hailey beharrlich.

»Um die Tatsache, dass Hailey nicht sie selbst ist, wenn sie hungrig ist.«

»Das ist eine infame Unterstellung.«

»Ich sehe, es ist alles wie immer. Können wir dann los?«, fragte Frederic kopfschüttelnd in unsere Richtung, ehe er den Motor startete, nur um, kurz nachdem wir eingestiegen waren, das Gaspedal durchzudrücken.

Kapitel 15

Hailey

»Sie sehen so beunruhigt aus, Hailey. Kann ich etwas für Sie tun?«, fragte mich Leonore mit tiefer Sorgenfalte auf der Stirn.

»Ich bin nur … ein wenig aufgeregt. Das ist alles«, antwortete ich ausweichend, während ich auf dem geblümten Sessel im Kaminzimmer saß und mir die Hände knetete.

»Möchten Sie vielleicht eine Kleinigkeit essen? Oder wie wäre es mit einer schönen heißen Tasse Tee? Damit kann man jedes Problem angehen.«

Leonore war wahrlich eine sehr nette alte Dame, die sich stets um das Wohl der Gäste im B&B am Clachtoll Beach bemühte. Und das ging tatsächlich weit über das leibliche Wohl hinaus.

In der Zwischenzeit hatte ich ein paar Rezensionen über das Cottage gelesen und dabei wurde fast in jeder zweiten Mitteilung ehemaliger Gäste Leonore selbst gelobt und ihr warmherziges Wesen erwähnt.

»Eine Tasse Tee wäre perfekt«, erwiderte ich, obwohl mir gar nicht danach war.

Aber ich wollte Leonore, die sich augenscheinlich Sorgen um mich machte, nicht vor den Kopf stoßen. Sie meinte es schließlich nur gut mit mir. Und dafür war ich sehr dankbar.

»Kommt sofort!«, bestätigte sie lächelnd, während ich nach wie vor meine kalten Hände knetete und dabei in den Kamin blickte, der bei den warmen Außentemperaturen nicht angeschürt worden war.

In knapp einer Stunde wollte Ryan tatsächlich mit mir ins Kino. Wie damals, als wir das erste und einzige Mal gemeinsam im Kino waren, lief auch heute Hangover 3. Keine Ahnung, wie es dazu kam. Und als Ryan mir heute davon erzählte, war ich viel zu aufgeregt gewesen, um ihn danach zu fragen.

Während wir bei dem Ausflug auf die Isle of Skye die Fairy Pools besuchten und anschließend vor der wunderschönen und besonders farbenprächtigen Kulisse Portrees zu Mittag aßen, dachte ich noch, es wäre ein Scherz gewesen, als er mich ins Kino einlud.

Doch nun, wenige Tage vor der Hochzeit meines Bruders, hatte er ernst gemacht und mir den Termin heute um sechzehn Uhr genannt.

Kopfschüttelnd saß ich da, während meine Erinnerungen mich abermals einholten und ich nicht länger dagegen ankämpfen konnte. Ich musste wieder an das kleine Mädchen von vor zwölf Jahren denken, das mit ihrem ersten großen Schwarm ins Kino ging. Damals dachte ich, das wäre der Auftakt einer wunderschönen Serie gemeinsamer Kinobesuche.

Doch schon kurz danach musste ich einsehen, dass ich mich nur in eine Fantasie geflüchtet und dabei die Wirklichkeit vollkommen ausgeblendet hatte. Ryan hatte sich Frederics Freundin geschnappt, und ich hatte mich nie wieder so sehr in jemanden verliebt, wie das bei ihm der Fall gewesen war.

War es nicht vollkommener Irrsinn, nach all den Jahren, in denen ich, so gut es ging, zu dem besten Freund meines Bruders auf Distanz gegangen war, wieder seine Nähe zu suchen? Und war es nicht sogar eine Spur zu masochistisch, dabei auch noch ins Kino zu gehen, also an den Ort, den ich mit den glücklichsten Stunden meines Lebens verband?

Mit den Worten »Hier ist eine schöne heiße Tasse schwarzen Tees« riss Leonore mich aus meinen Gedanken.

Dankbar nahm ich den Becher entgegen und umklammerte ihn sogleich mit meinen eiskalten Händen.

»Vielen Dank«, sagte ich artig, während ich nicht daran zu denken versuchte, dass Ryan und ich schon in knapp fünfzig Minuten losfahren mussten.

»Sie sehen ein wenig wie Aschenputtel aus, das auf den Prinzen wartet«, erklärte Leonore und lächelte milde.

»Das muss an der Nähe zum Kamin liegen«, scherzte ich.

Leonore lächelte.

»Wissen Sie, Hailey, ich war auch mal jung und aufgeregt. Rückblickend betrachtet eines der schönsten Gefühle, die man haben kann. Man fühlt sich unglaublich lebendig. Und egal, was auf Sie wartet, versuchen Sie es einfach zu genießen.«

Leonore war eine durchweg positive Person. Es machte fast den Anschein, sie könnte nie auch nur für einen Augenblick schlechte Laune haben. Ein wenig erinnerte sie mich wiederum an die gute Fee aus Dornröschen. Zuversichtlich, freundlich und immer zur Stelle, wenn man sie brauchte.

»Ryan hat mich ins Kino eingeladen«, offenbarte ich ihr schließlich den Umstand, der mich derart aus der Bahn warf, dass ich hier wie ein Häufchen Elend neben dem Kamin kauerte.

»Oh, das ist natürlich ein guter Grund, aufgeregt zu sein«, erwiderte sie und zwinkerte mir dabei vielsagend zu.

»Wir waren schon mal zusammen im Kino. Das ist jedoch schon zwölf Jahre her. Seither waren wir nicht sonderlich nett zueinander. Sobald Ryan und ich uns sehen, habe ich das Gefühl, ihn in irgendeiner Form ärgern zu müssen, damit er mich wahrnimmt.«

Das erste Mal sprach ich den Grund offen aus. Denn nur, wenn ich Ryan bis aufs Blut ärgerte, war ich mir seiner vollen Aufmerksamkeit sicher. Der Aufmerksamkeit wohlgemerkt, nach der ich in all den Jahren nahezu süchtig geworden war. Und von der ich nicht wusste, wie ich sie sonst auf mich ziehen könnte.

Leonore schmunzelte wissend.

»Kann es sein, dass Sie tiefere Gefühle für diesen Ryan hegen?«, fragte sie mich nun direkt.

Ich blickte auf die Hände in meinem Schoß, die Tasse hatte ich auf den kleinen Beistelltisch neben dem Sessel gestellt. Leonore saß mir auf der Couch gegenüber. Wir hatten den Raum ganz allein für uns. Ein Glücksfall. Für gewöhnlich saßen hier um diese Uhrzeit Gäste und lasen oder nahmen den Afternoon Tea ein.

»Ja, das kann durchaus sein. Aber … es ist kompliziert«, erklärte ich ihr.

»Oh, ist er denn verheiratet?«, zog sie vollkommen falsche Schlüsse.

Ich schüttelte den Kopf.

»Was kann denn dann eine derart unüberwindbare Hemmschwelle darstellen?«

Ich seufzte unüberhörbar, während ich meine Hände abermals zu kneten begann.

»Er ist der beste Freund meines Bruders. Und zudem ziemlich eng mit unserer Familie verbunden. Wenn das mit uns schiefgeht, dann hätte das weitreichende Folgen. Sowohl für Ryan als auch für mich«, sprach ich meine Bedenken offen aus.

»Es könnte aber auch gut gehen«, meinte Leonore und lächelte mich aufbauend an.

»Ja, das könnte es«, bestätigte ich ihr und nickte.

»Warum ans Scheitern denken, wenn es Hoffnung gibt?«

»Sie haben natürlich vollkommen recht«, pflichtete ich ihr bei.

»Aber?«, hakte sie nach, da sie meine Unschlüssigkeit bemerkte.

»Es besteht eben auch die Möglichkeit, dass ich einen Keil zwischen Frederic und Ryan treibe. Und das möchte ich nur sehr ungern«, gestand ich ihr meine intimsten Sorgen ein.

Einer vollkommen Fremden!

Keine Ahnung, wie sie das anstellte, aber irgendwie hatte ich weder Scheu noch Angst davor, mich ihr anzuvertrauen. Ganz im Gegenteil. Mit jedem Wort, das ich an sie richtete, hatte ich das Gefühl, mich von einer Last zu befreien. Als hätte ich nur darauf gewartet, endlich jemandem davon erzählen zu können, was mich umtrieb.

»Meinen Sie nicht, dass die beiden erwachsen genug sind, um das eine vom anderen zu trennen? Ich denke, eine Beziehung zwischen Ryan und Ihnen hätte nichts mit der Freundschaft der beiden Männer zu tun. Und genau so werden es vermutlich auch die beiden sehen.«

Mein eventuell verändertes Verhältnis zu Ryan völlig unabhängig von allen anderen Umständen zu betrachten, war mir noch nie in den Sinn gekommen. Bisher war das alles für mich ein riesiges Konglomerat, ein Wollballen, der mit all seinen einzelnen verwickelten Fäden zusammenhing, ohne dass man den einen vom anderen trennen konnte.

»Vielleicht haben Sie recht«, entgegnete ich schließlich, nachdem ich über Leonores Worte ein wenig nachgedacht hatte.

Sie lächelte freundlich, maßte sich jedoch nicht an, mir gegenüber anzudeuten, dass sie sogar ganz sicher recht behalten würde. Eine solche Art Besserwisserei hätte auch überhaupt nicht zu der sanften, einfühlsamen Person gepasst.

Vielmehr kam mir Leonore wie eine nette, alte Frau vor, die sich darüber freute, wenn sie den jungen Leuten etwas von ihrem reichen Erfahrungsschatz mitgeben konnte, ohne sie dabei zu bevormunden.

»Lassen Sie es doch einfach erst mal auf sich zukommen!«, schlug sie vor.

Und so einfach wie der Sinnspruch klang, war es ja auch. Was sollte schon passieren? Wir waren schließlich beide erwachsene Menschen.

Oder interpretierte ich am Ende alles falsch, und Ryan wollte nur mit mir ins Kino, weil er sich langweilte oder um mich in irgendeiner Form zu ärgern? Wahrscheinlich freute er sich bereits diebisch darauf, mich in eine Falle zu locken und sich auf diese Weise an mir dafür zu rächen, dass ich ihm vorgeworfen hatte, er würde Chap verspeisen wollen.

»Ich kann Ihnen ansehen, dass Sie sich schon wieder Sorgen machen, Hailey. Versuchen Sie sich ganz unvoreingenommen auf die Situation einzulassen. Das macht es meist leichter, als wenn man nur darauf wartet, in eine Falle zu geraten«, erklärte sie augenzwinkernd.

»Aber nun muss ich mich leider um das Abendessen kümmern. Sollten Sie abgesehen von dem Tee noch etwas benötigen, lassen Sie es mich gerne wissen«, sagte sie freundlich lächelnd.

»Leonore?«

»Ja, mein Kind?«

»Ich danke Ihnen«, sagte ich und hätte sie in diesem Moment am liebsten in den Arm genommen.

Aber so recht traute ich mich dann doch nicht.

»Das müssen Sie nicht. Ich bin nur eine alte Frau, der es Freude bereitet, meinen jungen Gästen ein paar Tipps zu geben. Glauben Sie nicht, ich wäre nicht selbst einmal in der Situation gewesen, in der Sie jetzt stecken? Aber bleiben Sie zuversichtlich. Das ist der einzige Rat, den ich Ihnen an die Hand geben kann.«

Und damit verließ sie das Kaminzimmer, und eine plötzliche Stille nahm den Raum ein. Ich nippte an meiner Tasse, während ich mir Leonores aufbauende Worte durch den Kopf gehen ließ.

»Können wir dann los?«, fragte Ryan plötzlich in meinem Rücken.

Mit ihm hatte ich noch gar nicht gerechnet.

Erschrocken blickte ich zur Uhr über dem Bücherregal und musste feststellen, dass es bereits Zeit war, zum Kino aufzubrechen.

Plötzlich stand Ryan direkt vor mir und reichte mir wie der Prinz aus Dornröschen seine Hand, um mir beim Aufstehen zu helfen.

Verlegen griff ich danach, nachdem ich die Teetasse auf den Tisch gestellt hatte.

»Bereit?«, fragte er und sah mir eine Spur zu tief in die Augen.

Dabei hatte ich das unmerkliche Gefühl, er blickte mir direkt in meine Seele.

»Ja, bereit«, bestätigte ich ihm mit zittrigen Knien und noch immer eiskalten Händen.

Aber damit würden wir beide jetzt wohl leben müssen.

Nachdem ich mich aus dem geblümten Sessel erhoben hatte, gingen wir Seite an Seite in den Flur und auf den Ausgang zu. Als Ryan mir die Tür öffnete, reichte er mir abermals die Hand. So liefen wir schließlich in Richtung Parkplatz. Hand in Hand.

»Ich hatte ganz vergessen, wie lustig der Film ist«, meinte Ryan nach einer Weile.

Mir fiel es derweil recht schwer, mich auf den Inhalt von *Hangover 3* zu konzentrieren, während wir uns eine Popcorntüte teilten und auf diese Weise mehr Hautkontakt hatten als in den übrigen zwölf Jahren. Die Tanzstunden einmal ausgenommen.

»Er ist wirklich gut«, bestätigte ich ihm und sah mich in dem kleinen Kinosaal mit den roten samtbezogenen Klappstühlen um.

Außer uns saß noch ein anderes Pärchen drei Reihen weiter schräg hinter uns in dem altmodischen Kino. Vor uns hatte sich ein Rentner direkt in die erste Reihe gesetzt. Vermutlich war er kurzsichtig.

Dazwischen saßen Ryan und ich. Und es passierte rein gar nichts.

Während ich bei jeder Popcorn-Berührung darauf wartete, dass wir uns in die Augen blickten und uns küssten, starrte Ryan nur geradeaus in Richtung der Leinwand und lachte aus vollem Hals.

So hatte ich mir das definitiv nicht vorgestellt. Aber vielleicht hatte ich auch einfach viel zu viel in die Einladung hineininterpretiert. Womöglich war es Ryan lediglich darum gegangen, mir auf neutralem Boden zu begegnen. Gut möglich, dass er nur mit mir ins Kino wollte, weil er hoffte, wir würden uns dann in Zukunft besser verstehen. Am Ende war es wahrscheinlich gar nicht Ryans Idee, sondern die von Frederic oder Mina.

Inzwischen bereute ich es fast schon ein wenig, zugesagt zu haben. Nicht wegen des Films, sondern wegen der Hoffnungen, die ich mir gemacht hatte.

Aber nur, weil Ryan mich ein zweites Mal in meinem Leben ins Kino einlud, hieß das noch lange nicht, dass wir uns damit in die kurze Zeit zurückbeamen würden, in der wir uns nahezu gut verstanden und ich das Gefühl hatte, wir würden uns näherkommen.

Vermutlich war aber auch das nur ein Produkt meiner Fantasie, Wunschdenken, das ich mir schlichtweg in all den Jahren zusammenfantasiert hatte.

Am liebsten hätte ich mich von meinem Sitz erhoben und wäre aus dem winzigen Kino in Lochinver hinausgestürmt. Das konnte ich allerdings nicht tun, da ich Ryan in meinem Mietwagen mitgenommen hatte und man es mir wohl etwas übel nehmen würde, wenn ich ihn hier zurücklassen würde.

Also fügte ich mich in mein Schicksal und hoffte, der Film wäre schnell vorbei, damit ich endlich gehen und die Erinnerungen an eine rosa verklärte Zeit, die ich mir am Ende womöglich nur eingebildet hatte, endlich begraben konnte.

Um mich abzulenken, griff ich abermals in die Popcorntüte. Ryan tat es mir gleich. Doch diesmal schnappte er sich anstatt eines Popcorns meine Hand und ließ sie nicht mehr los. Dabei sah er mich so durchdringend an, als stellten mir seine Augen eine Frage und warteten auf meine Antwort.

Doch noch ehe ich dahinterkam, was Ryan von mir wissen wollte, spürte ich wieder diese Anziehungskraft zwischen uns. Auf einmal war es, als würden sich unsere Lippen von allein aufeinander zubewegen. Zwar ganz langsam, aber diesmal ohne Abkehr.

Fragend sah Ryan mich an. Trotz der Dunkelheit im Saal konnte ich eine gewisse Furcht in seinen Augen erkennen. Machte er sich Sorgen darüber, ob ich ihn auch küssen wollte? Spürte er denn nicht, dass mein ganzer Körper sich seit vielen Jahren ausschließlich auf diesen Moment vorbereitet hatte?

Noch während ich das dachte, lagen unsere Lippen auch schon aufeinander. Einfach so. Als wäre es das Natürlichste auf der Welt und sie hätten nie etwas anderes gemacht. Und dann küssten wir uns. Äußerst vorsichtig tasteten wir uns aneinander heran. Doch mit jedem Moment, der verstrich, wurde der Kuss leidenschaftlicher. Wir küssten uns so hitzig, dass wir nach einer halben Ewigkeit mit wild schlagendem Herzen und heftiger Atmung auseinanderstoben.

»Das war …«, hob Ryan an und sah mich dabei nach wie vor mit einer Mischung aus Leidenschaft und Sorge im Blick an.

»Endlich«, platzte es aus mir heraus.

So lange hatte ich genau auf diesen Augenblick gewartet. Oft hatte ich mir vorgestellt, wie es wohl sein würde, Ryan zu küssen. Aber mit einem solchen Feuerwerk hatte ich nicht gerechnet.

Nie zuvor war ich so hemmungslos geküsst worden. Nie zuvor hatte ich gehofft, dass es sich genau so anfühlen würde. Und nie zuvor hatte ich danach sogar im Sitzen wackelige Knie.

»Endlich?«, fragte Ryan leise nach, um die übrigen Kinogäste nicht zu stören.

»Weißt du, wie lange ich schon darauf warte?«, brach es nun wie ein Vorwurf aus mir heraus.

Aber ich konnte nicht länger an mich halten. Plötzlich wollte alles heraus, was sich in den vergangenen zwölf Jahren tief in mir angestaut hatte. Wie eine riesige Lawine rauschte alles in mein Bewusstsein, all die Gefühle, Ängste, Sorgen und Grübeleien. Das alles war so präsent wie nie zuvor.

»Machst du mir gerade einen Vorwurf?«, hakte Ryan nach.

»Allerdings«, bestätigte ich ihm eine Spur zu unwirsch.

Da ich selbst so überwältigt von meinen Gefühlen war, wusste ich gar nicht so recht, wohin mit mir.

Ryan sah mich an, lächelte und schüttelte dabei ungläubig den Kopf.

»Das passiert mir auch nur mit dir«, stellte er fest.

»Was soll das denn jetzt …?«

Und noch ehe ich meinen Satz beenden konnte, küsste mich Ryan erneut. Diesmal viel stürmischer und fordernder als beim ersten Mal. Die erste Scheu war von uns beiden abgefallen, nun übernahm die Begierde die Vormachtstellung.

Als wir uns diesmal voneinander lösten, brauchte ich einen Moment länger, bis sich meine Atmung wieder reguliert hatte und ich nicht mehr das Gefühl hatte, mein Herz würde mir jeden Augenblick aus dem Brustkorb springen.

»Das gefällt mir«, stellte Ryan spitzbübisch grinsend fest.

»Was genau?«

»Na, ich habe endlich eine Möglichkeit gefunden, dich zum Schweigen zu bringen.«

»Wenn du glaubst, dass du …«, hob ich abermals an.

Doch schon im nächsten Moment küsste Ryan mich erneut.

Die Widerworte lagen mir noch auf der Zunge, schmolzen jedoch mit jeder weiteren Sekunde, die wir uns küssten, wie Sahneeis dahin. Fast so, als hätte es sie nie gegeben.

»Komm! Lass uns gehen!«, forderte mich Ryan auf.

»Aber der Film …«

Er machte eine abwinkende Handbewegung.

»War nur Mittel zum Zweck«, erklärte er mir, während er sich erhob und durch die Reihe hinüber zu den Treppen ging, um dort sogleich den Ausgang anzusteuern. Ich folgte ihm auf dem Fuße, während mir seine Worte durch den Kopf gingen.

»Dann sind wir nur ins Kino gegangen, weil du mich küssen wolltest?«, fragte ich ungläubig, als wir den Saal verlassen hatten und wieder in normaler Tonlage miteinander reden konnten.

»Ich wollte mit dir ins Kino, weil ich dich das letzte Mal, als wir im Kino waren, unbedingt küssen wollte und mich nicht getraut habe. Nun kann ich diesen Punkt auf meiner Bucket-Liste abhaken«, erklärte er feierlich und malte mit seiner Hand einen Haken in die Luft.

»Dann war das alles nur … eine Challenge?«

Mein Mageninhalt geriet bei Ryans Worten beängstigend in Bewegung.

Hatte er mich am Ende nur geküsst, weil er mal schauen wollte, wie es sich anfühlte, die kleine Schwester des besten Freundes zu küssen? Konnte Ryan wirklich so herzlos sein? War das am Ende alles nur eine Art Wette gewesen? Und warum war ich auch noch so dämlich gewesen und ihm auf den Leim gegangen?

»Was? Nein. Natürlich nicht! Wie kommst du denn darauf?«

Ryan klang ehrlich gekränkt.

»Na ja, du hast doch gerade von deiner Bucket-Liste gesprochen«, rief ich ihm in Erinnerung.

Ryan fuhr sich verlegen durchs Haar und sah mich dabei mit leicht schief gelegtem Kopf an.

»So gesehen hast du recht. Entschuldige bitte! Das kam jetzt vollkommen falsch rüber.«

»Wie hätte es denn sonst rüberkommen sollen?«

So langsam, aber sicher hatte ich das Bedürfnis, endlich zu erfahren, was hier überhaupt gespielt wurde. War das am

Ende alles nur ein dummer Scherz? Oder würde Ryan sich womöglich gleich noch dafür entschuldigen und mir erklären, dass das alles nur ein Versehen war und nie wieder vorkommen würde?

Allein die Vorstellung führte dazu, dass ich einen dicken fetten Kloß im Hals bekam. Ich war kaum in der Lage, einen klaren Gedanken zu fassen. Vielmehr hatte ich das Gefühl, dass mir jeden Augenblick die Luft zum Atmen wegbleiben und ich ersticken würde.

»Lass uns hier im Café etwas trinken!«, schlug Ryan vor und deutete auf eine kleine Ecke des Kinos, in der *Angie's Café* untergebracht war.

Auch wenn mir der Vorschlag nicht sonderlich zusagte, da ich befürchtete, Ryan versuchte nur, sich Zeit zu verschaffen, willigte ich schließlich ein.

Inzwischen war ich mir nämlich im Klaren darüber, dass es nichts bringen würde, mich allem, was Ryan vorschlug, zu widersetzen. Das brachte mich nämlich auch keinen Millimeter weiter. Und noch einmal zwölf Jahre würde ich unter gar keinen Umständen warten können, ehe dieses verdammte klärende Gespräch endlich über die Bühne gehen konnte.

»Okay«, erwiderte ich also und lief an Ryans Seite zu dem ausgestorben anmutenden Café.

Für einen Moment hatte ich Sorge, es könnte geschlossen sein. Doch kaum dass wir Platz nahmen, kam ein freundlich dreinschauender junger Mann auf uns zugestürmt, um uns die Speisekarte zu überreichen.

Ohne einen Blick hineinzuwerfen, bestellte ich mir einen Cappuccino. Ryan tat es mir gleich, während ich wie auf heißen Kohlen saß und es kaum abwarten konnte, dass der Kellner uns wieder allein ließ.

»Hailey, ich weiß, dass wir uns in den vergangenen Jahren nicht sonderlich gut verstanden haben. Aber es gab auch eine Zeit, in der ich glaubte, wir könnten mehr sein als nur Feinde. Zeitweise dachte ich sogar, wir könnten uns lieben«, offenbarte mir Ryan eine Spur zu prompt.

Denn mit einem solchen Geständnis hatte ich nicht gerechnet.

»Damals, als wir das erste Mal zusammen im Kino waren, war ich unsterblich in dich verliebt. Und als du kurz danach dann mit Frederics Freundin zusammengekommen bist, dachte ich, meine Welt würde untergehen.«

So, nun war es raus. Und es gab keinen Weg mehr zurück. All das, was mich seit Jahren tief im Inneren beschäftigte, mir die Sinne raubte, weil ich ständig darüber nachdachte, war nun offen ausgesprochen.

»Du warst in mich verliebt?«, hakte Ryan ungläubig nach, während sich seine Augen zu schmalen Schlitzen verengten und seine Stirn in Furchen lag.

Ich nickte, ohne meine Worte ein weiteres Mal zu wiederholen.

»Ich war damals auch in dich verliebt. Schrecklich sogar.«

Bei Ryans Worten klappte mir die Kinnlade herunter.

»Genau. Und weil du so verliebt in mich warst, hast du was mit Frederics Freundin angefangen. Das ergibt doch überhaupt keinen Sinn«, warf ich ihm an den Kopf und bereute es, dass der Cappuccino noch nicht an unseren Tisch gebracht worden war.

Dann hätte ich den nämlich Ryan um die Ohren werfen können.

»Frederic hat mir damals unmissverständlich klargemacht, dass du tabu für mich bist.«

Nun war ich still.

Schweigen breitete sich zwischen uns aus, während ich in meinem Kopf nach einem Anhaltspunkt suchte, der Ryans Geschichte bestätigen würde. Doch ich konnte nichts dergleichen finden.

»Er hat was?«

Meine Worte klangen so vorwurfsvoll, dass es mir fast leidtat, dass sie Ryan und nicht Frederic trafen.

»In all den Jahren danach maß ich jede Frau an dir. Und keine konnte mit dir mithalten. Wann immer ich eine neue Frau kennenlernte, suchte ich dich in ihr.«

Im denkbar ungünstigsten Augenblick brachte nun der Kellner die beiden Cappuccinos an den Tisch. Das würde sich im Trinkgeld widerspiegeln.

»Und Naomi?«, platzte es aus mir heraus, ohne dass ich mir vorab Gedanken über diese Frage gemacht hatte.

»Naomi gab es nie. Also doch. Es gibt sie. Sie ist allerdings nur eine Arbeitskollegin. Wir verstehen uns ganz gut. Das war's aber auch schon.«

Nun legte ich meinen Kopf schief und sah ihn misstrauisch an.

»Frederic hat mich so damit genervt, dass ich auch endlich eine Frau bräuchte, dass ich sie kurzerhand zu meiner Freundin ernannt habe«, erklärte er reumütig und sah mich dabei mit diesem Hundeblick an, dem ich kaum widerstehen konnte.

»Dann erging es dir in all den Jahren auch so wie mir?«, wollte ich wissen.

»Was meinst du damit?«

Ryan schien irritiert.

»Die Beziehungen, die ich hatte, fühlten sich allesamt falsch an. Nach meiner letzten Beziehung vor zweieinhalb Jahren wusste ich, dass ich etwas verändern muss. Also habe ich mich auf ein Jobangebot in den USA beworben in der Hoffnung, dich auf diese Weise zu vergessen und endlich ein normales Leben führen zu können.«

Ryan machte große Augen bei meinen Worten. Sein Mund war leicht aufgeklappt. Doch er sagte nichts, sah mich nur an.

»Also geht es dir wie mir?«

Ich seufzte.

»Ich befürchte schon, Ryan. Es gibt keinen anderen Mann, der dir das Wasser reichen kann.«

Dann verdrehte ich gespielt gequält die Augen.

»Gott, dass ich das mal offen zugeben würde, hätte ich auch nie für möglich gehalten. Ich …«

Anstatt mich aussprechen zu lassen, küsste mich Ryan einfach.

Zunächst wollte ich ihm klarmachen, dass er nicht bei jeder Gelegenheit, bei der ich Widerworte für ihn bereithielt, einfach dazu übergehen konnte, mich zu küssen. Doch dann besann ich mich eines Besseren und tat etwas, was ich nie für möglich gehalten hätte: Ich genoss den Augenblick in vollen Zügen, anstatt mir darüber Gedanken zu machen.

Meine beste Entscheidung seit Langem.

»Ich kann es nach wie vor nicht fassen, dass Frederic dir gesagt hat, du sollst die Finger von mir lassen. Ich meine, das ist echt ein starkes Stück. Schließlich kann er doch nicht bestimmen, wer gut für mich ist und wer nicht«, empörte ich mich.

»Er hat es nur gut gemeint. Offenbar war er der Meinung, ich wäre zu alt für dich. Du warst damals erst fünfzehn, während ich schon volljährig war«, rief er mir in Erinnerung.

»Trotzdem! Darüber werde ich noch ein ernstes Wörtchen mit ihm wechseln müssen. So geht das nicht«, blieb ich beharrlich.

Ryan öffnete den Mund, als wollte er mir etwas sagen, schloss ihn dann jedoch unverrichteter Dinge wieder.

»Was?«, hakte ich nach, weil ich genau wusste, dass er mir in dieser Angelegenheit noch nicht alles gesagt hatte.

Er seufzte.

»Mina hat mir erzählt, dass Frederic uns gemeinsam am Clachtoll Beach einquartiert hat und einen Tanzkurs hat machen lassen, weil er uns miteinander verkuppeln wollte«, offenbarte er mir schließlich.

»Wie bitte?«

Das schlug dem Fass nun endgültig den Boden aus.

»Du darfst es ihm aber nicht sagen. Mina hat es mir unter dem Mantel der Verschwiegenheit erzählt.«

Ryan wirkte besorgt darüber, ich könnte mit dem Wissen, das ich soeben erhalten hatte, etwas Dummes anstellen. Es war ihm anzusehen, dass er sein Geständnis am liebsten wieder zurückgenommen hätte.

»Ich werde Frederic nichts sagen. Aber wir beide werden ihm auch nicht verraten, dass wir uns inzwischen viel besser verstehen als bei unserem Ausflug auf der Isle of Skye«, erklärte ich nebulös.

»Was genau soll das denn heißen?«, warf Ryan besorgt ein.

»Das, mein lieber Ryan, soll heißen, dass wir gemeinsam einen Plan schmieden, wie wir Frederic eins auswischen können. Nur, weil er mir letztlich doch gesagt hat, was mit

Mina los war, heißt das noch lange nicht, dass er sich alles erlauben kann.«

»Dann hat er dich über ihre Diagnose ins Bild gesetzt?«, fragte Ryan vorsichtig nach.

»Ja, er hat mir von dem Knoten in der Brust erzählt, als wir auf dem Weg zu den Fairy Pools waren. Zum Glück konnte er mir im gleichen Atemzug Entwarnung geben, was das Ergebnis anbelangte. Und ich dumme Kuh dachte zu dem Zeitpunkt noch, Mina wäre schwanger und Frederic hätte dich gefragt, ob du der Taufpate werden möchtest, und nicht mich«, offenbarte ich ihm.

»Mich?«, fragte Ryan und deutete dabei auf sich, als bestünde auch nur der Hauch einer Wahrscheinlichkeit, dass ich in einem menschenleeren Café jemand anderen meinen könnte.

»Ja, dich. Und ich war extrem eifersüchtig darauf, dass sie dich mir vorgezogen haben könnten«, erklärte ich ehrlich.

»Du bist dir schon im Klaren darüber, dass ich absolut keine Erfahrung mit Kindern habe und für den Job gänzlich ungeeignet wäre?«

Ich zuckte mit den Schultern.

»Man kann alles lernen, wenn man nur will. Und ganz ehrlich, wenn das hier zwischen uns …« Ich deutete von ihm zu mir und wieder von mir zu ihm. »… etwas werden soll, dann werden wir auch Kinder kriegen.«

»Wir beide?«, fragte Ryan ein wenig überfordert nach.

»Ja, wir beide«, bestätigte ich ihm langsam und in verständlicher Sprache.

»Dazu müssen wir aber erst mal üben«, gab er zu bedenken.

»O ja! Sehr viel sogar«, bestätigte ich ihm, während unsere Hände nach oben schnellten, um dem Kellner zu signalisieren, dass wir zahlen wollten.

»Zu mir oder zu dir?«, hauchte mir Ryan vorfreudig zu.

»Der Weg ist der gleiche«, rief ich ihm in Erinnerung, woraufhin wir beide lachten.

»Aber für Frederic denken wir uns wirklich noch mal was aus«, meinte ich beim Verlassen des Kinos mit erhobenem Zeigefinger.

»Eins nach dem anderen«, meinte Ryan und zwinkerte mir dabei vielsagend zu.

Kapitel 16

Ryan

»Es ist immer das Gleiche mit dir, Hailey! In meinem ganzen Leben ist mir keine starrsinnigere Frau als du begegnet. Sich mit dir zu unterhalten, kommt einer Darmspiegelung beim Gastroenterologen gleich.«

Fast tat es mir leid, dass ich so dick aufgetragen hatte. Eigentlich wollte ich einen Tag vor Frederics und Minas Hochzeit nicht mehr in die Vollen gehen, wenn ich mich mit Hailey alibiweise vor ihrem Bruder stritt.

Aber sobald ich wieder in meine alte Rolle zurückfiel, gelang es mir nur ganz schwer, mir vor Augen zu führen, dass das alles bloß gespielt war. Ich war sofort in meinem Element und brauchte nicht lange nach passenden Streitpunkten zu suchen. Ganz im Gegenteil. Es war fast so, als hätten Hailey und ich in den vergangenen zwölf Jahren eigene Umgangsformen miteinander entwickelt.

Zum Glück konnten wir aber nicht nur leidenschaftlich streiten, sondern auch ganz andere Funken zwischen uns fliegen lassen. Allein der Gedanke, wie wir uns erst vor knapp einer Stunde erhitzt und aufgewühlt aus meinem Bett geschält hatten, trieb mir die Schamesröte ins Gesicht.

»Vorsorge ist wichtig. Ganz im Gegensatz zu dir, du solltest dich nicht so wichtig nehmen«, blaffte Hailey zurück, und wir beide hätten beinahe schallend zu lachen begonnen.

Aber wenn Frederic und Mina uns die kleine Scharade am Strand vom Clachtoll Beach abkaufen sollten, mussten wir jetzt ernst bleiben. Allerdings verlangte es zumindest mir alles ab. Und auch Haileys Gesichtsmuskeln rund um ihre Lippen herum zuckten verräterisch.

»Ihr beiden solltet euch dringend einen Therapeuten suchen«, meinte Frederic sichtlich entnervt.

»Wieso?«, fragten Hailey und ich wie aus einem Munde.

»Weil ihr mich mit eurer Zankerei sonst noch um den Verstand bringt. Ganz einfach«, schnaubte Frederic, während sich die Traurednerin über den Sand auf uns zubewegte.

Frederic machte uns mit eindringlichen Blicken klar, dass wir uns jetzt im Hintergrund zu halten hatten.

Hailey und ich tauschten Blicke, wie um uns gegenseitig zu bestätigen, dass das Maß nun voll war, wenn wir Mina und Frederic diesen Moment nicht verderben wollten. Schließlich wollten wir die beiden nicht um ihre schöne Hochzeit bringen.

»Mina und Frederic?«, fragte Mrs Roberts und hielt dabei direkt auf Hailey und mich zu.

Wir lachten verwundert auf und verwiesen die Traurednerin dann an Frederic und Mina.

»Sie dachte wirklich, wir beide wollen heiraten«, meinte Hailey, die den Blick hinaus aufs Meer gerichtet hatte. Die leichte Brise spielte in ihren Haaren, und ich konnte mich nicht an ihr sattsehen.

»Ist das denn so abwegig?«, fragte ich nach, da ich nicht wusste, wie Hailey zu einer gemeinsamen Zukunft stand.

Die letzten Tage hatten wir zwar viel Zeit miteinander verbracht, allerdings hatten wir dabei andere Dinge zu tun gehabt. Schöne Dinge!

Dabei waren wir bisher weder darauf zu sprechen gekommen, was aus Haileys Job in New York werden sollte, noch, ob es auch nach unserer Zeit am Clachtoll Beach ein wie auch immer geartetes Miteinander geben würde.

»Nein, überhaupt nicht«, sagte sie dann und sah mich dabei direkt an.

Frederic und Mina waren so in das Gespräch mit der freien Rednerin vertieft, dass sie nicht mitbekamen, was Hailey und ich zu besprechen hatten.

»Es wird eine Veränderung werden. Für uns beide«, sagte ich, da ich das Thema nicht so schnell wechseln wollte.

»Ja, da hast du recht. Ab sofort kannst du nicht mehr jeden Abend eine neue Frau nach Hause bringen«, erwiderte sie grinsend und kniff mir dabei in die Wange.

»Das habe ich bisher auch nicht gemacht«, erwiderte ich ein wenig verletzt.

»Das weiß ich doch. Ich wollte dich nur ein wenig aus der Reserve locken«, behauptete sie.

»Und auch wenn ich jemanden mit nach Hause bringen sollte, würdest du es nicht mal merken. Du wirst in New York sein.«

Es fiel mir nicht ganz leicht, dieses Thema anzuschneiden, aber ich brauchte Gewissheit. Eine Fernbeziehung kam für mich unter den gegebenen Umständen auf gar keinen Fall infrage. Ich wollte bei Hailey sein, mit ihr gemeinsam den Alltag bestreiten, sie lieben, für sie da sein, wenn sie mich brauchte, und nachts neben ihr einschlafen.

Ja, ich war egoistisch. Aber ich hatte auch ganze zwölf Jahre genau auf diesen Moment gewartet. Ich wollte alles. Und nicht nur die Sparvariante häppchenweise.

»Ja, sieht wohl so aus.«

Hailey versank in ihre Gedanken und blickte wieder hinaus aufs Meer.

Die Kulisse war malerisch, der Sand zu unseren Füßen so fein wie in der Karibik. Ein schöneres Setting für eine Hochzeit als den Clachtoll Beach hatte ich in meinem ganzen Leben nicht gesehen. Es war so natürlich und ehrlich und dabei unglaublich berauschend.

Die Farben des Himmels und die des Meeres darunter bildeten eine harmonische Einheit. Neben den Möwen glitt hoch oben soeben ein Seeadler über uns hinweg. Der Wind hatte ein wenig aufgefrischt, fühlte sich jedoch bei den wärmeren Temperaturen sehr angenehm an. Es war eine Wohltat, hier die frische Seeluft auf der Haut zu spüren und dabei neben Hailey stehen zu dürfen.

»Ich will das nicht«, fand ich endlich die Worte, die ich Hailey sagen wollte.

»Das mit uns?«, fragte sie nach, und ich sah einen dunklen Schatten über ihr Gesicht huschen.

»Was? Nein. Ich will nicht, dass wir getrennt voneinander leben. Nicht, nachdem wir schon so lange gebraucht haben, um zueinanderzufinden.«

Meine Stimme klang flehentlich, aber das war mir in diesem Augenblick vollkommen egal. Alles, was zählte, war ein Leben mit Hailey. Und dafür war ich bereit, so einiges aufzugeben.

Hailey seufzte.

»Ich möchte auch am liebsten direkt mit dir zusammenziehen, aber ich habe Verpflichtungen in New York. So schnell komme ich aus dem Vertrag nicht raus«, erklärte sie bedauernd.

»Wie lange?«, hakte ich nach.

»Ungefähr ein halbes Jahr«, erwiderte sie so leise, dass ich ihre Worte kaum verstehen konnte.

»Okay, ich komme mit«, sagte ich, als wäre es überhaupt kein Problem.

Aber ich wollte nicht noch ein weiteres halbes Jahr auf die Liebe meines Lebens warten. Wir hatten schon so viel Zeit verloren.

»Das würdest du machen?«

Hailey sah mich ungläubig an, als könnte sie nicht fassen, was ich ihr soeben gesagt hatte.

»Über meiner Wohnung haust ein Waschbär, der nicht zu fangen ist. Vielleicht schaffen sie es ja in den nächsten sechs Monaten, wenn ich nicht da bin. Und was meinen Job anbelangt – ich wollte schon immer mal Auslandserfahrungen sammeln. Das kann bestimmt nicht schaden. Wer weiß, was man damit alles anstellen kann, wenn man zurück in London ist«, erklärte ich augenzwinkernd.

Dabei spielte ich die Tatsache herunter, dass ich in meiner aktuellen Werbeagentur gute Chancen darauf hatte, den Chefposten anvertraut zu bekommen. Aber das sollte nicht Haileys Sorge sein. Außerdem wollte ich die Stelle gerne für sie opfern, wenn wir dafür endlich zusammen glücklich wurden.

»Frederic meinte, du könntest die Werbeagentur bald übernehmen.«

Dieses alte Tratschweib hatte Hailey also davon erzählt. Hätte ich mir fast denken können.

»So genau weiß man das nie. Es gab bisher keine Gespräche in die Richtung. Außerdem ist es vielleicht gar nicht so verkehrt, wenn ich mich ein bisschen aus dem Tagesgeschäft rausnehme. Meine Oma hat immer gesagt: Willst du gelten, mach dich selten. Ich finde, der Spruch hat was.«

Ich lachte, während Hailey mich bedrückt ansah.

»Aber du würdest dein ganzes Leben hier für mich aufgeben. Von einem auf den anderen Tag. Was, wenn du es irgendwann bereust?«

»Ich bin ein erwachsener Mann, Hailey. Ich kann meine Entscheidungen frei wählen. Und ich weiß, dass ich jetzt im Moment nirgends lieber wäre als an deiner Seite. Was in fünf oder zehn Jahren sein wird, kann uns niemand sagen. Gerade deshalb sollten wir den Augenblick nutzen. Findest du nicht auch?«

»Ryan? Wir bräuchten Sie als Trauzeugen an Frederics Seite«, platzte die Traurednerin im ungünstigsten Augenblick in unser Gespräch.

Hailey lächelte mich an, doch ich konnte ihr ansehen, dass sie noch nicht gänzlich von meinen Worten überzeugt war. Wenn ich doch nur noch drei, vier Sätze in Ruhe mit ihr hätte reden können, dann wäre jetzt alles in trockenen Tüchern.

So aber musste ich abermals hoffen und bangen.

»Wenn Sie sich hier drüben hinstellen könnten?«, forderte mich Mrs Roberts auf und verwies mich an meinen Platz.

»Ja, genau. Sehr schön! So ungefähr müssen Sie sich die Aufstellung vorstellen. Wir werden dann …«, hob sie an,

Mina, Frederic und mir den Ablauf zu erklären, doch meine Gedanken drifteten augenblicklich ab.

Überforderte ich Hailey mit meinem Wunsch, ihr ganz nahe zu sein? Vielleicht war diese Liebelei zwischen uns für sie auch nur hier an den Clachtoll Beach gebunden? Was, wenn sie sich doch keine Zukunft mit mir vorstellen konnte?

Mein Gedankenkarussell, das in den letzten Tagen ziemlich untätig herumgestanden hatte, setzte sich abermals in Gang. So schnell, dass mir beinahe schlecht wurde.

Wahrscheinlich ging ich das alles einfach zu überhastet an. Hailey benötigte mehr Zeit, um sich an den Gedanken zu gewöhnen, dass wir jetzt ein Paar waren.

Zumindest hatten wir uns vorgenommen, das nach der morgigen Hochzeitszeremonie allen zu erzählen.

Als ich meinen Blick prüfend über die rechte Schulter warf, sah ich sie nach wie vor versonnen aufs Meer schauen. Worüber sie wohl gerade nachdachte?

Kapitel 17

Hailey

Wenn man lange genug einen Traum hatte und immer hoffte, dass er eines Tages wahr würde, sagte einem niemand vorher, dass einen die Erfüllung dieses Herzenswunsches schließlich ein wenig verunsichern könnte.

Zwar fühlte ich mich mit Ryan an meiner Seite wie auf Wolke sieben, allerdings verspürte ich gleichzeitig diese unbändige Angst, unser Glück könnte nicht von Dauer sein. Ganz wie ein Traum, den man am nächsten Morgen nicht mehr zu fassen bekam, sosehr man sich auch anstrengte, sich daran zu erinnern.

Diese Angst lähmte mich von einem auf den anderen Moment. Und als Ryan mich heute Morgen am Strand fragte, wie ich mir unsere gemeinsame Zukunft vorstellte, überstieg allein die vage Idee dazu meinen gedanklichen Rahmen.

Bisher hatte ich nicht weiter als bis zu dem Augenblick geträumt, an dem wir uns in den Armen liegen und uns küssen würden. Doch nun waren wir weit darüber hinaus, und es galt, neue Schritte zu gehen. Schritte, von denen ich so konkret vorher definitiv nicht geträumt hatte.

Plötzlich ging mir alles zu schnell. Und gleichzeitig konnte es mir nicht schnell genug gehen, nachdem wir so lange Zeit gebraucht hatten, um endlich zueinanderzufinden. Allein dieses Hin und Her in meinem Kopf überforderte mich maßlos.

Ein Klopfen an meiner Tür riss mich aus meinen Gedanken.

Ehe ich mich von dem Fenster wegdrehte, an dem ich gestanden und nach Chap Ausschau gehalten hatte, atmete ich noch einmal tief durch.

Mit einem »Hey!« öffnete ich Ryan die Tür.

Kaum dass ich in seine Augen blickte, konnte ich darin die Besorgnis und den Kummer darüber erkennen, dass ich ihm heute Morgen am Strand nicht freudestrahlend um den Hals gefallen war, als er mir vorschlug, mich nach New York zu begleiten.

Dabei kam ich mir so schäbig und dämlich vor. Er war doch der Mann meiner Träume. Warum gelang es mir nicht endlich, einen Hebel umzulegen und das, was wir hatten, in vollen Zügen zu genießen?

»Hey!«, erwiderte er und sah dabei über meine Schulter hinweg in mein Zimmer, in dem das Bett noch nicht gemacht war, aus dem wir beide heute Morgen gemeinsam aufgestanden waren, nachdem wir dort zusammen die Nacht verbracht hatten.

»Kann ich kurz reinkommen?«

Ich nickte und öffnete die Tür so weit, dass er an mir vorbei in den Raum kommen konnte.

»Es tut mir leid, wenn ich dich mit meinen Zukunftsplänen überrannt habe. Wir können natürlich auch erst mal mit einer Fernbeziehung starten und sehen, wie alles wird. Ich meine, grundsätzlich haben wir ja alle Zeit der Welt.«

Ryan bemühte sich um ein Lächeln, doch seine Augen erreichte es nicht. Die sahen nach wie vor besorgt und eine Spur traurig auf mich herab, während ich mit Mühe gegen den Kloß in meinem Hals anschluckte.

»Nein, es tut mir leid, dass ich in dem Moment vorhin total überfordert war. Und ich ärgere mich deswegen über mich selbst. Eigentlich habe ich mich doch seit Jahren danach gesehnt, dir näherzukommen. Und kaum ist es so weit, bekomme ich kalte Füße«, offenbarte ich ihm.

»Ich kann verstehen, wenn dir das zwischen uns jetzt zu schnell geht. Es war zu früh, darüber zu reden, wie es nach Frederics Hochzeit für uns weitergehen soll. Es tut mir leid, wenn ich dich damit überfordert habe.«

Ryan war so lieb und so rücksichtsvoll.

»Vielleicht geht jeder von uns nach der Zeit hier am Clachtoll Beach erst mal zurück in sein eigenes Leben, und wir schauen, was passiert«, schlug er vor.

Ein Teil von mir wollte diesen Vorschlag mit Kusshand annehmen, während der andere weinend dasaß und allein die Vorstellung, mich für längere Zeit wieder von Ryan zu trennen, schrecklich fand.

Was war bloß los mit mir? Warum konnte ich mein eigenes Glück nicht einfach genießen und abwarten, was die Zukunft bringen würde? Ein Leben ohne Ryan wollte ich mir nicht vorstellen, warum verängstigte mich dann die Tatsache, nun endlich an meinem Ziel angekommen zu sein?

»Ich weiß nicht, ob ich lachen oder weinen soll. Einerseits will ich keinen Tag mehr ohne dich sein, und andererseits ist da etwas tief in mir, das nicht weiß, wie es mit der neuen Situation umgehen soll«, gestand ich ihm ein.

Und mit jedem ehrlichen Wort, das ich an ihn richtete, hatte ich das Gefühl, Ryan noch ein Stück weiter von mir zurückzuweisen. Dabei war das überhaupt nicht meine Absicht. Ganz im Gegenteil. Am liebsten wäre ich ihm gerade ganz nahe, ohne diese Zukunftspläne im Hinterkopf. Ich wollte einfach nur den Moment genießen. Weiter nichts.

Allerdings war ich mir auch im Klaren darüber, dass das nicht fair war. Ryan wünschte sich etwas von Dauer mit mir. Und ich im Grunde auch. Warum konnte ich nicht einfach über diesen elenden Schatten springen und es wagen? Was war nur falsch mit mir?

»Wir finden sicher einen Weg«, meinte Ryan verständnisvoll.

Doch ich erkannte in seinem Blick die Enttäuschung über meine Zurückweisung.

Am liebsten hätte ich all meine Worte wieder zurückgenommen und sie durch schönere ersetzt. Aber wäre das fair gewesen? Nein, natürlich nicht. Eine Lüge war nie besser als die Wahrheit.

»Ganz bestimmt«, gab ich mich kämpferisch und bemühte mich um ein Lächeln, während ich das Gefühl hatte, jeden Augenblick loszuweinen zu müssen.

Ich riss mich zusammen, während Ryan vor mir stand und ebenso überfordert wirkte, wie ich mich fühlte. Allerdings waren es nicht seine Gefühle, die ihn überforderten, sondern meine.

Ein Stück weit schämte ich mich dafür, dass ich nicht wie er bereits darüber nachgedacht hatte, wie wir nach unserer Zeit in Schottland weitermachen sollten. Vielleicht wäre es bei der Rückkehr nach London dann auch einfacher, Entscheidungen zu treffen und feste Zukunftspläne zu schmieden.

»Ich denke, es wird wohl besser sein, wenn ich jetzt gehe. Wir sehen uns dann morgen auf der Hochzeit.«

Damit ging er zur Tür, ohne mich noch einmal geküsst oder berührt zu haben.

Ich wollte am liebsten jetzt auf der Stelle auf dem Boden zusammenbrechen und in Schluchzen ausbrechen. Was tat ich mir hier nur selbst an? Was war bloß los mit mir? Ryan war doch der Richtige. Hatte ich plötzlich Zweifel an uns?

Als Ryan an der Tür ankam, hielt er in der Bewegung inne und legte seine Hand auf die kalte Türklinke.

»Ich werde Frederic und Mina morgen nichts darüber sagen, dass wir uns … besser verstehen. Es liegt in deiner Hand, ob du es ansprechen möchtest oder nicht.«

Damit öffnete er die Tür, ohne meine Antwort abzuwarten, und ging hindurch.

Als die Tür ins Schloss fiel, sank ich auf den Boden. Tränen kullerten über meine Wangen.

Ryan war der Mann meiner Träume. Und ich hatte ihn einfach gehen lassen.

Kapitel 18

Ryan

»Mensch, Ryan, was ist denn mit dir los? Es macht fast den Anschein, als würdest du heute heiraten und nicht ich«, scherzte Frederic und klopfte mir dabei übermütig auf die Schulter.

»Alles bestens. Ich habe nur nicht so gut geschlafen. Liegt sicher an der Aufregung. Man ist schließlich nicht jeden Tag best man«, behauptete ich und hoffte, dass Frederic mir die Lüge abkaufen würde.

Wobei, so richtig gelogen hatte ich nicht. Denn tatsächlich hatte ich die ganze Nacht wach gelegen, die Decke angestarrt und für einen kurzen Moment sogar erwogen, meine Sachen zu packen und zu verschwinden.

Ich hatte in Haileys Augen gesehen, dass sie für den nächsten Schritt noch nicht bereit war. Ich hatte ihr angesehen, dass sie mich nicht vor den Kopf stoßen wollte, aber mit der Situation vollkommen überfordert war.

Deshalb wollte ich mich ihr auch nicht weiter aufdrängen und wäre am liebsten mit der nächsten Nachtverbindung zurück nach London gefahren. Da heute allerdings erst mal die Hochzeit meines besten Freundes anstand, konnte ich nicht einfach wegfahren. Noch nicht. Heute Nacht würde ich dann allerdings abreisen. Meine Sachen hatte ich schon gepackt. Ich musste mir in meinem Zimmer im B&B nur den Koffer schnappen. Mehr war nicht zu tun.

»Da hast du recht, mein Lieber. Aber ich bin mir sicher, dass alles gut wird. Der Wetterbericht scheint recht zu behalten. Wenn das so bleibt, haben wir zur Zeremonie in knapp einer Stunde strahlend blauen Himmel.«

Da klopfte es plötzlich an Frederics Tür.

»Ja?«

»Hier ist Tante Adelaide, Frederic. Ich wollte dir nur kurz etwas sagen.«

Frederic und ich tauschten Blicke. Tante Adelaide würde Frederic, wenn ich nicht aufpasste, ein Ohr abkauen. Also war es in diesem Fall meine Aufgabe als sein Trauzeuge und sein Freund, dafür zu sorgen, dass sie sich kurzfasste.

»Tante Adelaide, komm doch herein! Was kann ich für dich tun?«, fragte Frederic freundlich.

Allerdings konnte ich ihm ansehen, dass er gerade siebenundneunzig Dinge lieber getan hätte, als mit seiner Tante zu sprechen. Auf der Liste stand sogar noch ein Waxing seiner Brusthaare.

»Ich hoffe, ich störe dich nicht, mein Junge. Ich wollte dir nur noch mal sagen, wie wundervoll deine Mina ist. Du hast eine ganz vortreffliche Wahl getroffen. Ihr beiden seid Seelenverwandte. Da bin ich mir ganz sicher.«

Seelenverwandte? Waren auch Hailey und ich Seelenverwandte, oder waren wir nicht vielmehr zwei grundverschiedene Menschen, die sich zueinander hingezogen fühlten, allerdings auch gut miteinander streiten konnten? Was verband uns denn über diese immense Anziehungskraft hinaus? War unsere Liebe am Ende nicht für das ganze Leben, sondern nur für den Augenblick gemacht?

Vielleicht war es das, was Hailey Angst gemacht hatte. Vielleicht war sie sich darüber bewusst, dass wir die Realität nie gemeinsam meistern würden. Ich hätte dem Ganzen dennoch eine Chance gegeben und mich darauf eingelassen. Aber ich konnte Hailey schlecht zu etwas zwingen, was sie nicht wollte.

»Das ist sehr lieb, dass du mir das gesagt hast, Tante Adelaide«, bedankte sich Frederic derweil freundlich bei seiner Tante.

»Ihr solltet nur überlegen, ob das mit euren Jobs auf Dauer funktioniert. Du als Arzt bist ständig im Schichtdienst, und Mina als Kindergärtnerin muss früh raus«, erklärte Tante Adelaide, als wäre das etwas Neues für Frederic.

Die beiden lebten schließlich bereits seit fast zwei Jahren zusammen. Sie kannten den Alltag des jeweils anderen. Daran würde sich auch nach der Hochzeit nichts ändern.

Man konnte alles schaffen, wenn man den Mut dazu hatte und der Angst die Stirn bot. Es war alles machbar, wenn man zusammenhielt und gemeinsam nach Lösungen suchte, ohne sich dabei zu sehr an den Problemen festzubeißen.

Tatsächlich war ich nach wie vor der vollen Überzeugung, dass Hailey und ich zusammen alles meistern konnten. Warum hatte sie plötzlich Zweifel bekommen? Hatte sie unsere bisherige gemeinsame Zeit womöglich nicht so sehr genossen wie ich? Hatte ich etwas getan oder gesagt, das sie vor den Kopf gestoßen hatte? War ich zu schnell vorangeprescht, während sie noch einen Moment brauchte, um über alles in Ruhe nachzudenken?

Aber war das nicht schon der Anfang vom Ende? Wenn man erst lange überlegen musste, ob man eine Beziehung überhaupt wollte, dann war diese Beziehung doch schon von vornherein zum Scheitern verurteilt.

Das wusste ich leider aus eigener Erfahrung viel zu gut. Schließlich hatte ich mich in so manche Beziehung geflüchtet und gehofft, dabei auf andere Gedanken zu kommen und Hailey womöglich zu vergessen. Gelungen war es mir nie. Warum sollte es jetzt anders sein?

»Ich denke, wir haben das alles ganz gut im Griff.« Frederic blieb zuversichtlich.

»Natürlich, mein Lieber! Ihr macht das schon. Denkt nur daran, dass ihr in nächster Zeit auch mit größeren Anschaffungen zu tun haben werdet. Wenn ich das richtig sehe, dann wird es nicht mehr lange dauern, bis euer erstes Baby da ist.«

Frederic wirkte vollkommen überrannt.

Hatte ich, ähnlich wie Tante Adelaide gerade Frederic, Hailey mit meinen Zukunftsplänen überfordert? Hätte ich nicht einfach die Klappe halten und mich zurückhalten können? Wir hätten in Ruhe über alles reden können, wenn die Hochzeit vorbei war und wir uns ganz auf uns allein konzentrieren konnten. Warum hatte ich nicht einfach abwarten können?

Gleichzeitig fragte ich mich, worauf wir überhaupt warten sollten. Wenn man liebt, dann liebt man. Punkt. Dann schmiedet man Pläne, man überlegt, wie es weitergeht, und macht sich Gedanken, wie die beiden Lebensträume zusammenpassen. Das war doch nur menschlich, oder?

»Aber ich will euch nicht länger aufhalten. Ihr werdet so kurz vor der Zeremonie alle Hände voll zu tun haben. Wenn ich mir Ryan so anschaue, solltet ihr dringend noch eine kleine Pause einlegen. Der Ärmste!«, meinte Tante Adelaide, tätschelte mir kurz die Schulter und ging hinüber zur Tür.

Schon im nächsten Moment war sie verschwunden.

»Tante Adelaide schafft es echt immer wieder.« Frederic schüttelte den Kopf, ohne näher darauf einzugehen, was er damit meinte.

Aber das brauchte er auch gar nicht. Ich konnte es mir hinreichend denken.

Kapitel 19

Hailey

Am Strand, unweit des B&Bs am Clachtoll Beach, in dem Ryan und ich während der Hochzeitsvorbereitungen einquartiert worden waren, standen Stühle vor einem kleinen Altar, der von zwei flatternden weißen Vorhängen umrankt wurde.

Einzelne Gäste hatten sich bereits eingefunden. Leise Musik erklang aus einer Anlage. Während die einen sich angeregt unterhielten, genossen wieder andere die rundweg wunderschöne Atmosphäre.

Die Leichtigkeit und die Kraft, die von diesem Ort ausgingen, waren unverkennbar. Wenn ich könnte, würde ich tatsächlich länger bleiben als nur für diese zwei Wochen rund um die Hochzeit meines Bruders.

»Na, haben Sie sich schon Gedanken über das gemacht, was ich Ihnen gesagt habe?«

Wie aus dem Nichts tauchte Mrs Hazelwood neben mir auf.

»Über Ihren Vorschlag, Tanzlehrerin zu werden?«

Sie nickte.

»Wenn ich ehrlich bin, dann würde ich am liebsten sofort damit starten«, gab ich zu. Denn es stimmte: Seit sie mir diesen Floh ins Ohr gesetzt hatte, konnte ich nicht aufhören, darüber nachzudenken, wie es wäre, meine beruflichen Pläne noch einmal vollkommen umzustürzen.

»Das freut mich zu hören. Ich wollte meine kleine Tanzschule ohnehin schon längst aufgeben oder am liebsten natürlich in gute Hände abgeben. Leider habe ich bisher noch niemanden gefunden, dem ich das zugetraut hätte. Aber Sie, Hailey, wären genau die Richtige für den Job.«

Bei Mrs Hazelwoods Worten verschlug es mir prompt die Sprache.

»Aber Sie kennen mich doch gar nicht«, platzte es ein wenig ungehalten aus mir heraus.

Meine Emotionen gingen mit mir durch.

»Ich weiß alles, was ich über Sie wissen muss, um Sie für befähigt zu halten, mein Tanzstudio fortzuführen. Sie sind zuverlässig, leidenschaftlich, konsequent und eine ausgezeichnete Tänzerin.« Sie nickte mir zu, als wolle sie ihre Einschätzung noch zusätzlich bekräftigen. »Also, denken Sie über mein Angebot nach. Ich freue mich auf Ihre Antwort.«

Damit verschwand sie so schnell, wie sie gekommen war.

»War das nicht Mrs Hazelwood, die da gerade mit dir gesprochen hat?«, fragte Frederic, der nun in seinem Hochzeitsanzug vor mir stand.

Der nachtblaue Anzug stand ihm wirklich ausgesprochen gut. Sogar mit den weißen Turnschuhen, die er sich dazu ausgesucht hatte und die bereits vor der Hochzeit beinahe zum Eklat zwischen Frederic und unserer Mutter geführt hätten.

Ich fand es gut, dass mein Bruder sich nicht verbog. Es war schließlich Minas und seine Hochzeit. Sie sollte so sein, wie die beiden es sich wünschten. Wir anderen waren nur Gäste und durften uns glücklich schätzen, diesen besonderen Tag mit den beiden zu feiern.

Während ich über Frederics Schuhe nachdachte, schweifte mein Blick hinüber zu Ryan. Er hielt einen weiten Sicherheitsabstand zu uns, wagte es nicht, auf mich zuzukommen, sah nicht mal in unsere Richtung. Seine Haltung war aufrecht, beinahe steif, während sich in seiner Miene keine Regung zeigte.

»Hailey?«, hakte Frederic nach, dem ich meine Antwort noch schuldig geblieben war.

»Ja, das war Mrs Hazelwood«, bestätigte ich ihm endlich.

»Was wollte sie denn?«

Als gäbe es gerade nichts Wichtigeres.

»Sie hat mir angeboten, ihr Tanzstudio zu übernehmen«, erklärte ich sachlich, während ich meinen Blick noch immer fest auf Ryan gerichtet hielt.

»Sie hat was?«, fragte Frederic ungläubig.

»Sie findet offenbar, dass ich gut tanzen kann«, schob ich nach, während ich Ryan dabei beobachtete, wie er mit Minas Trauzeugin Bella schäkerte und sie sogar anlächelte.

Ein Stich durchfuhr mein Herz bei dem Anblick. Dabei war ich selbst schuld daran, dass er mich seit gestern Vormittag nicht mehr auf diese Weise anlächelte. Ich hatte es verbockt. Und das war nun meine gerechte Strafe.

»Was hast du ihr gesagt?«, bohrte Frederic weiter, anstatt endlich nach vorn an den provisorischen Altar zu gehen und dort auf seine Braut zu warten.

»Nichts.«

»Spielst du denn mit dem Gedanken, das Tanzstudio zu übernehmen? Ich meine, das ist keine ganz einfache Sache hier am Ende der Welt. Klar, es gibt immer Leute, die tanzen lernen wollen, aber ob man davon wirklich leben kann, bleibt fraglich. Außerdem …«, plapperte mein Bruder wie ein Wasserfall auf mich ein.

Es war ihm anzumerken, wie aufgeregt er war. Denn wenn Frederic besonders aufgeregt war, dann sprach er ohne Punkt und Komma und wurde dabei von Satz zu Satz schneller. Als wollte seine Sprache vor all dem, was ihm Sorgen bereitete, davonlaufen.

»Ich werde es mir durch den Kopf gehen lassen«, erwiderte ich, während das Ziehen in meiner Magengegend keine Ruhe mehr gab.

Je länger ich dastand und beobachtete, wie Ryan mit Bella sprach, desto unruhiger wurde ich. Und desto sicherer war ich mir, dass er der Mann meiner Träume war.

Plötzlich waren all die Bedenken dahin. Als hätte es nur diesen kleinen Ausblick gebraucht, um zu sehen, was sein könnte, wenn ich die Chance, die sich uns hier am Clachtoll Beach geboten hatte, ungenutzt verstreichen ließ.

»Du solltest dir das echt gut überlegen, Hailey. Als Anwältin hast du dir jetzt einen Namen gemacht. Du hast Auslandserfahrung gesammelt, die du in London sicher gut nutzen kannst, wenn du wieder zurück bist. Ich würde das nicht alles einfach so …«

»Entschuldige mich, bitte, Frederic! Ich habe etwas Wichtiges zu erledigen.«

Mit diesen Worten löste ich mich von meinem Bruder und steuerte zielgenau auf Ryan und Minas Trauzeugin zu. Je näher ich ihnen kam, desto mehr wollte mir ein zartes Stimmlein davon abraten und mich wieder zu Frederic zurückschicken, der mir wahrscheinlich immer noch irritiert nachsah.

Zwar war ich mir bewusst, dass ich ihn einfach stehen gelassen hatte, aber manchmal gab es einfach Dinge, die sofort erledigt werden mussten. Und dazu gehörte dieses Unterfangen hier ganz bestimmt.

Noch ehe meine Zweifel, Sorgen und Ängste meiner Entschlossenheit den Garaus machen konnten, ging ich die letzten Meter weiter auf die beiden zu, versuchte dabei so wenig wie möglich nachzudenken und fokussierte mich einzig und allein auf mein Vorhaben.

Noch fünf Schritte, dann war ich bei dem Mann, der mein Herz schneller schlagen ließ. Noch vier Schritte, und ich konnte bereits seinen typischen fruchtig-herben Duft wahrnehmen, den Ryan gefühlt schon immer an sich hatte. Noch drei Schritte, und ich bildete mir ein, bereits seinen Atem auf meiner Haut zu spüren. Noch zwei Schritte, und Ryan sah mir direkt in die Augen. Noch ein Schritt, und meine Lippen fanden endlich wieder ihren angestammten Platz auf denen von Ryan.

Kaum dass ich meine Hände in seinen Nacken legte und Ryan küsste, spürte ich dieses Nachhausekommen-Gefühl. Alles hatte seine Richtigkeit, wenn wir zusammen waren. Es gab nichts, was mir Angst zu machen brauchte, solange wir beide einander hatten.

Zunächst spürte ich, wie ich Ryan mit meinem Kuss überrumpelte, doch nach und nach entspannte er sich, legte seine Hände auf meinen Rücken und zog mich ein ganzes Stück zu sich heran. Er hielt mich fest und gab mir Halt.

Am liebsten hätte ich ewig mit ihm so stehen und ihn küssen wollen. Doch irgendwann wurde ich mir der Tatsache bewusst, dass wir beide nicht allein waren und es unzählige Zuschauer gab.

Zuschauer, die noch gar nicht wussten, dass Ryan und ich uns neuerdings ziemlich gut verstanden, und die vermutlich gerade jetzt äußerst interessiert in unsere Richtung sahen.

Als ich mich von Ryan löste, lächelte er mich an, während er mir fest in die Augen sah.

»Was war das?«, hakte er nach.

»Eine Entschuldigung für mein komplett bescheuertes Verhalten«, gestand ich ihm.

»Ist dir geglückt«, erwiderte er, nach wie vor grinsend.

»Wann genau wolltet ihr uns davon erzählen?«, fragte Frederic in meinem Rücken.

Nun war der Moment also gekommen.

Vorsichtig löste ich mich aus Ryans Umarmung, die mir augenblicklich schrecklich fehlte. Dann wandte ich mich zu ihm um und bemerkte, dass sich hinter Frederic auch Tante Adelaide und Mum positioniert hatten.

»Wir lieben uns«, kam ich gleich auf den Punkt zu sprechen, der hier sicher alle am brennendsten interessierte.

»Und das sagt ihr uns nicht?«, hakte Frederic nach und sah dabei vorwurfsvoll zwischen Ryan und mir hin und her.

»Doch, wir haben es euch jetzt gesagt«, erklärte Ryan, ganz die Ruhe selbst.

»Wie lange geht das denn schon zwischen euch beiden?«, wollte nun auch Mum wissen.

»Wenn Frederic Ryan vor zwölf Jahren nicht gesagt hätte, dass er die Finger von seiner kleinen Schwester lassen soll, dann wären wir wohl schon die letzten zwölf Jahre ein Paar gewesen. So sind es gerade mal drei Tage«, fasste ich zusammen.

»Du hast was gemacht?«, fragte Mum entsetzt mit weit aufgerissenen Augen in Frederics Richtung.

»Hailey war fünfzehn«, verteidigte sich mein Bruder, als gelte es, meiner Mutter zu erklären, wie alt ihr eigenes Kind vor zwölf Jahren gewesen war.

»Das gibt dir doch noch lange nicht das Recht, Ryan zu sagen, dass er die Finger von deiner Schwester lassen soll.«

Mum stemmte die Hände in die Seiten und schüttelte den Kopf dazu.

»Ja, ich bin damals wohl übers Ziel hinausgeschossen«, gestand er schließlich, während er sich mit der Hand durchs Haar fuhr. »Aber ich wollte es wiedergutmachen, indem ich Ryan und Hailey miteinander verkupple. Und ganz offensichtlich ist mir das auch geglückt«, behauptete Frederic mit einem zufriedenen Lächeln auf den Lippen.

»Vielleicht hattest du tatsächlich einen winzigen Anteil an unserer Lovestory.«

Ryan hob seine rechte Hand in die Höhe und zeigte mit Daumen und Zeigefinger einen Abstand von rund drei Zentimetern.

»Kaum der Rede wert«, bemerkte ich und machte dabei eine wegwerfende Bewegung mit meiner Hand.

Frederic sah ziemlich verschnupft drein. Offenbar hätte er sich aus unserer Richtung mehr Dankbarkeit für sein Engagement gewünscht. Ein Engagement wohlgemerkt, das es gar nicht hätte geben müssen, wenn er vor zwölf Jahren nicht einen Keil zwischen Ryan und mich getrieben hätte.

»Ich finde es auf jeden Fall toll, dass ihr endlich zueinandergefunden habt«, merkte Tante Adelaide mit einem wissenden Schmunzeln auf den Lippen an.

Mum pflichtete ihr bei.

»Insgeheim habe ich schon länger darauf gewartet, dass ihr endlich bemerkt, wie gut ihr zusammenpasst. Aber als Mutter will man sich ja nicht einmischen.«

Da hätte sich Frederic mal ein Beispiel an unserer Mum nehmen sollen.

»Ich muss euch noch was sagen«, fasste ich schließlich all meinen Mut zusammen.

Sogar Ryan sah mich erwartungsvoll an.

»Bist du schwanger?«, platzte es aus Mum heraus.

»Mum, wir sind seit drei Tagen zusammen. Für den Fall, dass ich schwanger sein sollte, wüsste ich es doch noch gar nicht zu diesem Zeitpunkt«, rief ich ihr in Erinnerung.

»Ja, das stimmt natürlich«, gab sie zu, fast ein wenig enttäuscht.

»Aber was ist es dann?«, hakte Tante Adelaide nach.

»Ich werde hier am Clachtoll Beach eine Tanzschule übernehmen und nicht wieder zurück nach New York gehen.« Dann wandte ich mich zu Ryan um, ohne die Reaktionen meiner Familie abzuwarten. »Und ich würde mich sehr freuen, wenn du mit mir nach Schottland kommen würdest.«

Meine Worte klangen wie eine Bitte, während ich inständig hoffte, dass der Zug noch nicht abgefahren war.

Als Ryan mich nach einer gemeinsamen Zukunft gefragt hatte, hatte ich ihn eiskalt im Regen stehen gelassen. Es wäre durchaus möglich, dass es mir gleich ebenso ergehen würde. Dennoch hatte ich all meinen Mut zusammengenommen. Denn ich wollte das mit uns. Hier. Ich wollte es so sehr.

»Werbeagenturen werden überall gebraucht. Ich finde, wir sollten es auf jeden Fall hier oben am Clachtoll Beach versuchen«, erklärte er mit einem Schmunzeln auf den Lippen.

Zur Antwort küsste ich ihn übermütig.

»Na, na, ihr beiden! Ihr macht dem Brautpaar ja Konkurrenz«, meinte Mum, ein wenig pikiert.

Aber wenn man sie ansah, erkannte man das angedeutete Grinsen auf ihren Lippen und das freudige Leuchten in ihren Augen.

»Lass nur, Mum, das ist vollkommen in Ordnung für mich, solange die beiden nicht wieder anfangen, sich zu streiten«, bemerkte Frederic, der sich offenbar wieder gefangen hatte und nun ebenfalls lächelte.

»Mina kommt!«, rief uns Dad aus der Menge der Hochzeitsgäste aufgeregt zu. Es wurde höchste Zeit, dass Frederic auf seinen Posten vorn am Altar eilte.

Mum und Tante Adelaide folgten ihm auf dem Fuße, während Ryan mir zärtlich eine Haarsträhne aus dem Gesicht hinters Ohr schob.

»Bist du dir sicher?«, fragte er nach und schien dabei ein wenig angespannt.

»Ganz sicher«, erwiderte ich sogleich, ohne lange zu überlegen.

»Ich liebe dich, Ryan. Und solange wir uns lieben, kann alles, was wir beide uns vornehmen und anpacken, nur wundervoll werden«, erklärte ich mit dem Brustton der Überzeugung.

Ryan grinste mich schelmisch an.

»Ich bin auf alles gespannt, was da kommen wird. Ganz besonders auf das Tanzstudio, in dem du mir all die anderen Gesellschaftstänze beibringen musst, die ich bisher noch nicht tanzen kann.«

»Das wird toll«, blieb ich beharrlich, auch wenn ich dabei an Ryans zwei linke Füße denken musste.

So schnell würde ich nicht aufgeben. Niemand konnte mich daran hindern, diesen Weg zu gehen. Nicht einmal ich selbst.

Als der Hochzeitsmarsch ertönte, eilte nun auch Ryan nach vorn an Frederics Seite, um ihm beizustehen.

Mum hatte mir dankenswerterweise neben sich einen Platz freigehalten, auf dem ich mich just in dem Moment einfand, als Mina bei ihrem Dad untergehakt nach vorn zum Traualtar ging.

Sie war eine wunderschöne Braut, lächelte mit Freudentränen in den Augen und sah meinen Bruder mit so viel Liebe im Blick an, dass auch mir die Freudentränen über die Wangen kullerten.

»Wir sind heute hier zusammengekommen, um Mina und Frederic …«, hob die freie Traurednerin an, während ich meinen Blick über das Meer schweifen ließ.

Das sollte also meine neue Heimat werden?

Konnte ich wirklich so viel Glück auf einmal haben?

Traummann, Traumjob, Traumlocation. Jetzt fehlte nur noch das Traumhaus. Aber mit Ryan an meiner Seite war ich mir ganz sicher, dass wir auch das finden würden.

Ein Sommer voller Liebe. Und das in Schottland. Wenn mir zuvor jemand gesagt hätte, ich würde das Großstadtleben in New York samt meinem Job in der angesehenen Anwaltskanzlei sausen lassen, um mit meiner großen Liebe an der schottischen Küste ein neues Leben zu beginnen, hätte ich gelacht und ihn einen Lügner geschimpft.

Dankbar blickte ich zu Ryan, der mir verschwörerisch zuzwinkerte und mir sein ganz eigenes Ryan-Lächeln schenkte.

Eine gewisse Ruhe stellte sich plötzlich tief in mir drinnen ein. Die Dämonen, die mich verunsichert hatten, was eine Zukunft mit Ryan anbelangte, waren verschwunden. Geblieben war nur dieses wundervoll warme Gefühl in mir, aus tiefstem Herzen geliebt zu werden.

Epilog

Hailey

Ein Jahr später

»Können wir morgen wiederkommen?«, fragte Ashley, die Kleinste der Kindergartengruppe, die bei mir immer am Dienstagvormittag eine Stunde in tänzerischer Früherziehung hatte.

Lächelnd strich ich dem kleinen goldgelockten Kind durchs Haar.

»Nein, Ashley, wir sehen uns erst wieder in einer Woche«, erklärte ich ihr wie jede Woche, seit der Kurs begonnen hatte.

Traurig sah mich Ashley daraufhin an. Aber spätestens seit der zweiten Kursstunde war ich darauf vorbereitet und zückte bereits ein kleines Päckchen Gummibärchen, das ich vorsorglich vor dem Kurs in die Hosentasche gesteckt hatte.

Sogleich versiegten die Tränen, und ein Strahlen leuchtete in ihren Augen auf.

»Danke, Hailey, es war wieder eine richtig tolle Stunde. Die Kinder lieben es, zu dir zu kommen und sich zu bewegen.«

Mable, Mrs Hazelwoods Schwiegertochter, leitete den hiesigen Kindergarten. Als sie davon hörte, dass ich das Tanzstudio übernehmen wollte, arrangierte sie sogleich eine Kooperation zwischen dem Kindergarten und meiner Tanzschule.

Ich konnte gar nicht in Worte fassen, was Mable alles für mich getan hatte. Sie war mir in der Zeit hier am Clachtoll Beach sehr ans Herz gewachsen. So sehr, dass wir, also Ryan und ich, öfter gemeinsam mit ihr und ihrem Mann Henry ausgingen.

»Und ich liebe es, wenn die Kleinen mit ihrer ansteckenden Freude Leben in die Bude bringen. Es sind mir die liebsten Stunden in der Woche, wenn ich ehrlich bin. Aber sag das bloß nicht den Senioren, die mittwochs zum Tanztee kommen.«

Mable grinste verschwörerisch.

»Ich kann schweigen wie ein Grab. Vor allem, da meine Schwiegermutter ein Teil dieser illustren Truppe ist. Ich hoffe, sie mischt sich nicht allzu sehr in den Ablauf ein.«

Ich schüttelte energisch den Kopf.

»Nein, sie hält sich zurück und lässt mich vollkommen schalten und walten, wie ich das möchte. Dafür bin ich ihr sehr dankbar. Es ist auch eine richtig schöne Runde, die sich mittwochs bei mir im Studio einfindet. Sogar Leonore aus dem B&B am Clachtoll Beach hat sich den tanzwütigen Damen und Herren angeschlossen. Es ist so schön, sie regelmäßig zu sehen. So eine Frohnatur habe ich selten erlebt. Es gibt kaum einen Tag, an dem sie schlechter Laune ist.«

Mable nickte zustimmend.

»Sie ist wirklich ein Sonnenschein. Ich hoffe, dass sie Lara und Cailan noch lange erhalten bleiben wird. Sie macht diesen besonderen Charme des Cottages erst aus, finde ich.«

»Da hast du vollkommen recht«, pflichtete ich ihr bei.

»So, nun werden wir allerdings langsam losmüssen. Es gibt gleich Mittagessen. Das sollten wir uns auf keinen Fall entgehen lassen«, sagte sie zu ihren Kindern, die sich brav in Zweierreihen aufgestellt hatten und schon zum Aufbruch drängten.

Augenscheinlich konnten sie es kaum erwarten. Und nach der körperlichen Betätigung beim Tanzen kam ein ordentliches Mittagessen wie gerufen.

Kaum dass die Kinder mit Mable aus der Tür heraus waren, begann auch mein Magen zu knurren.

»Na, habe ich da richtig gehört? Könnte es sein, dass du Hunger hast?«, fragte Ryan, der mit einem Picknickkorb in der Hand in der Tür auftauchte.

»Was machst du denn hier?«, fragte ich lächelnd und eilte zu ihm, küsste ihn und nahm ihn fest in den Arm.

Auch nach über einem Jahr fühlte es sich noch immer aufregend an, mit Ryan zusammen zu sein. Nach dem Tag der Hochzeit von Frederic und Mina hatte ich nie wieder Zweifel gehabt, was unsere Beziehung anbelangte. Ganz im Gegenteil.

Sobald unser Entschluss feststand, hierher an den Clachtoll Beach zu ziehen, hatte Ryan alle Hebel in Bewegung gesetzt, um schnellstmöglich ein Haus für uns zu finden. Darin hatte er sich ein Büro eingerichtet und sich eine eigene kleine Werbeagentur aufgebaut.

Während ich derweil in New York alles klärte und dank eines vertraglichen Hintertürchens früher aus der Kanzlei ausscheiden konnte, hatten Frederic und Mina nur drei Wochen nach der Hochzeit offiziell verkündet, schwanger zu sein.

Die kleine Clementine, die am neunten Mai zur Welt kam, war meine Patentochter geworden.

Dankbar blickte ich zu dem Babyfoto hinüber. Daneben pinnte das Bild, das Mina, Frederic, Ryan und mich auf der Isle of Skye bei den Fairy Pools zeigte.

»Ich dachte mir, meine Freundin ist sicher schrecklich hungrig, sobald die Kindergartenkinder weg sind. Und da ich ohnehin gerade ein wenig Zeit habe, habe ich uns ein paar Sandwiches vorbereitet und einen kalten Sekt aus dem Kühlschrank geschnappt.«

»Sekt zum Mittag?«, hakte ich nach.

»Das Leben ist zu kurz, um bis zum Abend zu warten«, scherzte er.

Ich liebte seinen Humor, die leuchtenden Funken, die ihm beim Lachen aus den Augen sprühten. Ich liebte das Gefühl von Heimat, das ich nach langer rastloser Suche bei ihm gefunden hatte. Und ich liebte die Zuversicht, die er mir jeden Tag schenkte.

Wenn Ryan nicht gewesen wäre, wüsste ich nicht, ob ich das Projekt »Eigenes Tanzstudio« tatsächlich auf die Beine gestellt bekommen hätte. Während ich zweifelte und Angst hatte, Fehler zu machen, blieb Ryan mein Fels in der Brandung. Er kümmerte sich, organisierte, plante und was am wichtigsten war: Er schenkte mir jeden Tag frischen Mut. Und das ohne Wenn und Aber.

»Da hast du vollkommen recht. Lass uns gleich losgehen. Heute Nachmittag kommt noch ein Brautpaar zu seiner ersten Tanzstunde ihres Hochzeitskurses.«

In Gedanken ging ich meinen Terminplan für die kommenden Tage durch. An jedem einzelnen Tag durfte ich meiner großen Leidenschaft nachgehen und konnte sogar gut davon leben.

Es war ein Glücksgriff gewesen, dass mein großer Bruder Frederic Ryan und mich ausgerechnet für den Tanzkurs bei Mrs Hazelwood angemeldet hatte. Sonst, da war ich mir sicher, hätte mein Schicksal sicher einen anderen Verlauf genommen.

»Die Armen!«, scherzte Ryan und lachte schelmisch.

Trotz der Tatsache, dass wir uns jetzt deutlich näherstanden als die Jahre zuvor, konnten wir es einfach nicht lassen und neckten einander wie vorher.

Aber wenn ich ehrlich war, dann war das die Quintessenz unserer Beziehung. Außerdem wussten wir jetzt sehr genau, dass der andere sich nur einen Scherz erlaubte und keiner den anderen verletzen wollte.

»Wie läuft es heute bei dir?«, fragte ich Ryan, nachdem ich die Tür ins Schloss gezogen hatte und wir gemeinsam hinunter an den Strand liefen.

»Ich habe mit meiner alten Werbeagentur in London telefoniert. Die Kooperation mit ihnen läuft nach wie vor wie am Schnürchen. Erst dachte ich, es ginge um weitere Aufträge, die sie mir gerne übertragen möchten. Allerdings haben sie mir heute eröffnet, dass sie mich nach wie vor als Nachfolger der Werbeagentur haben wollen«, erklärte er mir und schüttelte dabei leicht mit dem Kopf.

Zu meiner Erleichterung konnte ich feststellen, dass er nicht mit dem Gedanken spielte, zurück nach London zu gehen.

»Das ist eine große Ehre. Ich meine, schließlich bist du seit einem Jahr raus aus dem Unternehmen, und sie hätten dich dennoch gerne als ihren Chef. Du musst dort bleibenden Eindruck hinterlassen haben, mein Schatz.«

Ryan grinste.

»Du kennst mich doch.«

»Ja, deswegen ja.«

Zur Antwort knuffte mich Ryan leicht in die Seite.

Lachend gingen wir unseren Weg weiter, ehe wir am Strand ankamen, Ryan die mitgebrachte Picknickdecke ausbreitete und den Picknickkorb darauf abstellte.

Der Strand war zu dieser Zeit menschenleer. Sicher waren die meisten gerade beim Mittagessen. Mir sollte es recht sein. Auf diese Weise hatten Ryan und ich das große weite Meer und all den Sand ganz für uns allein.

»Bediene dich, mein Schatz!«, meinte Ryan, nachdem er den Korb aufgeklappt hatte.

Neben den Sandwiches und dem Sekt waren noch Trauben, Wassermelonenspalten und Himbeeren zu sehen.

»Du hast dich wahrlich selbst übertroffen. Das sieht alles so lecker aus.«

Freudig griff ich nach einem Stück Wassermelone, während Ryan den Sekt entkorkte und in Gläser füllte.

Nachdem er mir eines der Gläser überreicht hatte und wir angestoßen hatten, sagte Ryan:

»Nur das Beste für meinen Schatz!«

»Du hast sogar zwei Schokoladen-Eclairs besorgt.«

Wenn ich diesem Mann bis zu diesem Zeitpunkt noch nicht restlos verfallen wäre, spätestens jetzt wäre es so weit.

Wie hatte ich nur all die Jahre ohne ihn gelebt?

Manchmal kam es mir so vor, als hätte ich bis zu unserem Kinobesuch vor rund einem Jahr nur vor mich hinvegetiert. Erst seit diesem Moment lebte ich richtig. Das Essen schmeckte besser, meine Umgebung nahm ich plötzlich ganz anders wahr und auch meine familiären Bande waren wieder viel fester geworden.

»Den gibt es aber erst zum Nachtisch«, blieb Ryan beharrlich, als ich nach einem der Schokoladen-Eclairs griff.

»Ist ja schon gut«, gab ich mich schmollend geschlagen und legte es wieder zurück.

»Die Sandwiches sind auch ziemlich gut«, pries er seine Waren wie ein Marktschreier an. Nur weniger laut.

»Was kannst du mir empfehlen?«

»Thunfisch oder Kresse«, erwiderte Ryan grinsend.

»Beides«, bestellte ich prompt, als mein Magen neuerlich zu knurren begann.

»Wir haben morgen Abend übrigens einen Gast«, erklärte Ryan, nachdem wir schweigend nebeneinandergesessen und gegessen hatten.

Mit jedem anderen hätte sich das komisch angefühlt. Nicht aber mit Ryan.

»Oh, ist Frederic in der Nähe?«

Ryan schüttelte den Kopf.

»Ava ist auf einer Familienfeier eingeladen und hat gefragt, ob sie bei uns übernachten könnte, damit sie an dem Abend nicht so weit fahren muss.«

»Natürlich. Kein Problem! Bleibt sie denn länger?«

Ryan schüttelte den Kopf.

»Nein, nur für die eine Nacht.«

Bei einem feuchtfröhlichen Abend im Pub, in dem Frederic damals seinen Junggesellenabschied gefeiert hatte, hatten Ryan und ich vor ein paar Monaten Ava und ihre Freundin wiedergetroffen. Wir hatten eine sehr schöne Zeit miteinander verlebt und uns danach ab und zu mal zu verschiedenen Events verabredet.

Seither besuchten wir uns öfter gegenseitig, und zwischen uns war eine richtig gute Freundschaft entstanden.

»Darf ich denn jetzt endlich mein Eclair essen?«, fragte ich aufgeregt wie ein Kind kurz vor der Bescherung.

»Nimm dieses hier!«, befahl Ryan, als ich mir genau das andere Eclair nehmen wollte.

»Ooookaaaay. Alles in Ordnung bei dir?«

»Alles bestens.«

Lächelnd schnappte sich Ryan das andere Eclair und biss herzhaft hinein.

Schon im nächsten Augenblick tat ich es ihm gleich und biss prompt auf etwas Hartes.

Ich angelte es aus dem Mund, machte es mit der Serviette sauber und hatte plötzlich einen Goldring in der Hand.

Ryan kniete sich nun direkt vor mich auf die Picknickdecke und nahm meine freie Hand.

»Hailey, du bist die Liebe meines Lebens. Ich kann dir gar nicht sagen, wie wundervoll das vergangene Jahr war. Ich hoffe, es werden noch viele davon folgen. Und deshalb möchte ich dich gerne fragen, ob du meine Frau werden möchtest.«

Ungläubig blickte ich zwischen Ryan und meiner Hand hin und her. Nicht im Entferntesten hatte ich damit gerechnet, dass er mir einen Antrag machen würde. Bisher hatte ich unser neues Leben hier in Schottland einfach jeden Tag in vollen Zügen genossen. Mit Ryan zusammen zu sein, erschien mir immer wieder aufs Neue wie ein Wunder.

»Ja, ich will«, hauchte ich ihm schließlich zu, nachdem mir Tränen der Rührung gebirgsbachartig über die Wangen geflossen waren.

Sogleich lagen wir uns in den Armen und küssten uns leidenschaftlich, nachdem Ryan mir den Ring übergestreift hatte.

Ich seufzte und konnte noch immer gar nicht fassen, was gerade passiert war.

»Schau mal, wer uns da besuchen kommt!«

Ryan deutete auf ein kleines Fellknäuel nicht weit von uns entfernt.

»Ist das etwa … Chap?«, fragte ich begeistert.

Es war eine Ewigkeit her, dass ich das kleine Eichhörnchen gesehen hatte.

»Fast. Es ist Chip«, erwiderte Ryan und grinste abermals schelmisch dabei.

»Fängst du schon wieder damit an?«

»Sieh nur!«, forderte mich Ryan auf.

Ich wollte mich schon beschweren, als ich ein zweites Eichhörnchen neben Chap erblickte.

»Er hat eine Freundin«, erwiderte ich gerührt.

»Sieht ganz danach aus«, meinte auch Ryan, ehe er mich dicht an sich zog und mich so leidenschaftlich küsste, dass mir sogar im Sitzen die Knie butterweich wurden.

Danksagung

Liebe Leserinnen und Leser,

vielen lieben DANK für das Interesse an meinen Büchern.

Es hat mir außerordentlich viel Spaß gemacht, die Geschichte über Hailey & Ryan zu Papier zu bringen und mit den beiden an den Clachtoll Beach in Schottland zu reisen. Zumindest gedanklich ;-) Wenn ich es ebenso geschafft habe, euch mit meiner Geschichte ein paar schöne Lesestunden zu bereiten, dann bin ich sehr glücklich darüber.

Bedanken möchte ich mich an dieser Stelle ganz herzlich bei meinen engagierten und wunderbaren Testleserinnen. DANKE für eure ehrlichen Worte, eure Begeisterung und euer Mitfiebern. Ohne euch wäre das Ganze nur halb so schön. Vielen lieben DANK, dass ihr den Weg mit mir gegangen seid! Ich freue mich bereits heute über euer Feedback zum nächsten Buch.

Liebe Doro, ein ganz besonderer Motivationsschub in diesem Buch war die Freude, die dir die Geschichte bereitet hat. DANKE hierfür.

Vielen DANK, liebe Sybille, dass du mein Manuskript mit so viel Sorgfalt korrigiert hast.

Vielen DANK an meine Leser und Leserinnen, dass ihr mit mir in die Geschichte von Hailey & Ryan abgetaucht seid.

Eure Mila

Außerdem freue ich mich sehr auf regen Austausch mit euch:

http://www.milasummers.com/
E-Mail: mila.summers@outlook.de
Facebook: Mila Summers
Instagram: books_by_mila_summers

PS: Wenn euch meine Geschichte gefallen hat, würdet ihr mir unglaublich helfen, wenn ihr eine Rezension auf dem Buchportal eurer Wahl schreiben würdet. Dann bekommen vielleicht noch weitere Leser und Leserinnen die Möglichkeit, meine Geschichten kennenzulernen.

Zeitfracht Medien GmbH
Ferdinand-Jühlke-Straße 7,
99095 - DE, Erfurt
produktsicherheit@zeitfracht.de

FSC
www.fsc.org
MIX
Papier | Fördert
gute Waldnutzung
FSC® C083411